चर्चित शीर्षक

अनिल अनूप

pencil

ISBN 978-93-5458-248-6

Published in India 2021 by Pencil

A brand of
One Point Six Technologies Pvt. Ltd.
123, Building J2, Shram Seva Premises,
Wadala Truck Terminal, Wadala (E)
Mumbai 400037, Maharashtra, INDIA
E connect@thepencilapp.com
W www.thepencilapp.com

DISCLAIMER: *This is a work of fiction. Names, characters, places, events and incidents are the products of the author's imagination. The opinions expressed in this book do not seek to reflect the views of the Publisher.*

Author biography

चार दशकों से सहाफत के सफर पर निकला हूं। पत्रकारिता के विभिन्न मुकामों पर अलग अलग अनुभवों को भोगने का अवसर मिला और उसी ने वास्तविक सहाफत के गुण सिखाए।

CONTENTS

अब भारत रत्नों की जांच

लता मंगेशकर और सचिन तेंदुलकर को भारत या एशिया ही नहीं, पूरी दुनिया जानती-पहचानती और उनका सम्मान करती है। दोनों ही महान हस्तियों को भारत सरकार ने सर्वोच्च नागरिक सम्मान 'भारत-रत्न' से नवाजा है। यकीनन यह अप्रतिम उपलब्धि और मान्यता है।

लता दीदी ने 20 भाषाओं में करीब 30,000 गाने गाए हैं। उन्हें 1974 में ही 'गिनीज़ बुक ऑफ वर्ल्ड रिकॉर्ड्स' में दर्ज किया गया और सम्मानित भी किया। एक और महान तथा अभूतपूर्व उपलब्धि...! लता जी एक संपादकीय आलेख का विषय नहीं हैं।

वह एक किताब नहीं, महाकाव्य की रूपक हैं। सिर्फ एक प्रसंग ही उनकी शख्सियत को सत्यापित करता है। 1962 में भारत-चीन युद्ध के बाद लता जी ने एक गीत गाया था-'ऐ मेरे वतन के लोगो! जरा आंख में भर लो पानी...।' उस समारोह में देश के प्रथम और तत्कालीन प्रधानमंत्री जवाहरलाल नेहरू भी मौजूद थे। गीत सुनकर उनकी आंखें भी छलक उठीं। वह समारोह एक ऐतिहासिक दस्तावेज है। लताजी के अलावा 'शतकों के शतकवीर' सचिन तेंदुलकर का उल्लेख करते हैं, जिनके नाम क्रिकेट में बल्लेबाजी के तमाम बड़े कीर्तिमान दर्ज हैं। एक ही खेल में, जीवन की छोटी-सी उम्र में, 100 महान शतक...! अभूतपूर्व, अतुलनीय, अकल्पनीय कीर्तिमान..! गौरतलब यह है कि उन्हें 'भारत-रत्न' से सम्मानित करने के लिए कांग्रेस नेतृत्व की यूपीए सरकार को संविधान में संशोधन करना पड़ा था। उससे पहले खेल में 'भारत-रत्न' देने का नियम नहीं था। उसी सरकार ने सचिन को राज्यसभा के लिए मनोनीत किया था। दुर्भाग्य और विडंबना है कि उसी कांग्रेस के एक अनाम कार्यकर्ता की शिकायत पर 'भारत-रत्नों' के अलावा कुछ और महान, लोकप्रिय हस्तियों के खिलाफ भी जांच बिठाई गई है। यह हरकत महाराष्ट्र की उद्धव ठाकरे सरकार ने की है, जो खुद एक फर्जी और गैर-जनादेशीय सरकार है।

बेशक सरकार को शपथ दिलाई गई है, लेकिन देश जानता है कि चुनाव के बाद महाराष्ट्र का जनादेश क्या था? बहरहाल लता मंगेशकर, सचिन तेंदुलकर, अक्षय कुमार, अजय देवगन, विराट कोहली और साइना नेहवाल आदि के खिलाफ जांच शुरू की गई है, क्योंकि उन्होंने भारत के खिलाफ ट्वीट करने वाले विदेशी चेहरों को मुंहतोड़ जवाब दिया था। उन सभी महान भारतीय हस्तियों ने सार-रूप में भारत की संप्रभुता, एकता, अखंडता की बात करते हुए 'भारतीय' होने का गौरवमय दायित्व निभाया था। हमने उनके ट्वीट देखे हैं और उनकी भाषा, भावना और पीड़ा को भी समझने की कोशिश की है। बेशक ये सभी भारतीय हस्तियां 'भारत-रत्न' से सम्मानित नहीं हैं, लेकिन उन्होंने अपने-अपने क्षेत्रों में जो असीमित सफलताएं हासिल की हैं, उपलब्धियों के जो शिलालेख लिखे हैं, उनके मद्देनजर वे हमारे लिए 'भारत-रत्न' ही हैं। पॉप गायिका रिहाना, पर्यावरण कार्यकर्ता ग्रेटा और पॉर्न स्टार मिया खलीफा आदि विदेशियों के हमारे राष्ट्रीय, आंतरिक मामलों में दखल के पलटजवाब क्यों नहीं देने चाहिए थे? यह करके इन 'भारत-रत्नों' ने क्या अपराध किया है? कौन-सी आपराधिक साज़िश की है? यदि भारत सरकार के पक्ष में उनके बयान ध्वनित हुए हैं, तो वह कौन-सा अपराध है? महाराष्ट्र भी तो भारत का ही एक राज्य है। यदि सभी पक्षों ने, जिसमें विदेश मंत्रालय भी शामिल है, भारत की संप्रभुता और एकजुटता की बात कही है, तो ठाकरे सरकार किन तथ्यों की खुफिया जांच कराएगी और उस जांच का हासिल क्या होगा? क्या ठाकरे सरकार यह जांच कराने का दुस्साहस कर सकती है कि कहीं मोदी सरकार के दबाव में तो इन हस्तियों ने ट्वीट नहीं किए? क्या इस उम्र और उपलब्धियों के मुकाम हासिल करने वाली इन हस्तियों पर कोई दबाव भी दे सकता है और दबाव में कुछ भी लिखवाया जा सकता है? अभिव्यक्ति की स्वतंत्रता की ठाकरे सरकार की व्याख्या को भी संविधान में शामिल कर लिया जाए, यह हमारा विनम्र सुझाव है। सवाल यह भी है कि जांच का निष्कर्ष क्या होगा? क्या जांच के बाद इन 'भारत-रत्नों' को सजा भी सुनाई जा सकती है? अब लगता है कि अभिव्यक्ति की आज़ादी भी 'परजीवियों' को है, देश की महान हस्तियों को नहीं है। इस दुस्साहस का फलितार्थ भी कांग्रेस को भुगतना पड़ेगा। हम तो इतना ही कह सकते हैं- वतन के लिए बोलने वालों का, यही बाकी निशां होगा।

छलवादी चीन

पूर्वी लद्दाख के पैंगोंग लेक के उत्तरी-दक्षिणी छोर पर भारत-चीन की सेनाएं पीछे हट चुकी हैं। सहमति और समझौते का सम्मान और पालन किया गया है। उसकी पुष्टि और सत्यापन के बाद ही दोनों सेनाओं के कोर कमांडरों ने 10वें दौर की बातचीत की है। संवाद रात्रि दो बजे तक चला, लिहाजा मुद्दों की गंभीरता और संवेदनशीलता को समझा जा सकता है। यह संपादकीय लिखने तक दोनों पक्षों का अधिकृत बयान सार्वजनिक नहीं हुआ था, लेकिन यह जरूर सामने आया है कि भारत और चीन गोगरा, हॉट स्प्रिंग, देपसांग और देमचोक आदि विवादित स्थलों और मोर्चों पर लगातार संवाद के जरिए तनाव कम करने को प्रतिबद्ध हैं। ये सभी पूर्वी लद्दाख की परिधि के इलाके हैं और सैन्य रणनीति के मद्देनजर भारत के लिए बेहद महत्त्वपूर्ण हैं। राहत का विषय यह है कि सेना-वापसी के प्रथम चरण की प्रक्रिया नौ दिन में ही संपन्न हो गई और कोई दुर्घटना या टकराव की नौबत नहीं आई। चीन ने अपने करीब 200 टैंक वापस किए। तैनात मिसाइलें तोड़ीं। बंकर और अन्य निर्माण भी ध्वस्त किए। भारत को भी कई फायदेमंद मोर्चेबंदियां छोड़नी पड़ी हैं। कैलाश रेंज का कब्जा छोड़ना रक्षा विशेषज्ञों के लिए भी सवाल बना हुआ है। यह मोर्चा एलएसी के भारतीय पाले में आता है। बहरहाल इसे भी रणनीति का हिस्सा मानकर मौजूदा सैन्य कमांडरों के निर्णयात्मक विवेक को स्वीकार कर लिया गया है। बहरहाल सैन्य और राजनयिक स्तर पर संवाद जारी है, लेकिन बताया गया है कि राष्ट्रीय सुरक्षा सलाहकार अजित डोभाल और चीनी विदेश मंत्री वांग यी के विशेष प्रतिनिधि भी जल्द ही मुलाकात और बातचीत करेंगे। संवाद के दौरान दोनों पक्ष हॉट स्प्रिंग में पेट्रोलिंग प्वाइंट 15 और 17-ए पर भी सेनाओं की वापसी की प्रक्रिया को आगे बढ़ाने पर सहमत हो गए हैं, लेकिन विरोधी सैन्य दस्तों की तैनाती को लेकर अब भी बाधाएं हैं। बेशक अधिकृत बयान आने के बाद बहुत कुछ स्पष्ट होगा, लेकिन भारत और चीन के बीच द्विपक्षीय संवाद का यह सिलसिला एक ठोस बुनियाद रख सकता है, ऐसी उम्मीद करनी चाहिए। अलबत्ता सवाल और विरोधाभास अपनी जगह महत्त्वपूर्ण हैं।

सवाल है कि कैलाश रेंज सरीखा कब्जा हमने छोड़ा है, तो क्या बदले में चीन उन इलाकों को खाली कर देगा, जहां बीते साल अप्रैल में अचानक उसने अतिक्रमण किया था। हमारे सैन्य कमांडरों के इस स्पष्टीकरण को माना जा सकता है कि यथास्थिति कायम करने के लिए वापस लौटना और कुछ कब्जे खाली करना जरूरी था, लेकिन फिर भी देश को अपेक्षा रहेगी कि इस सवाल का ठोस और तर्कसंगत जवाब सामने आए। देश और उसकी संप्रभुता से बढ़कर कुछ भी नहीं है। सवाल यह भी रहेगा कि दूसरे विवादित बिंदुओं से चीनी सेनाओं की वापसी की सार्थक बातचीत से, अंततः, भारत को क्या लाभ होंगे? क्या 1962 के युद्ध में कब्जाई 38,000 वर्ग किलोमीटर हमारी ज़मीन पर भी संवाद होगा? पाकिस्तान ने पीओके की 5100 वर्ग किलोमीटर से ज्यादा ज़मीन जो चीन को सौंप दी है, क्या उसकी बातचीत भी होगी? देपसांग इलाके की बार-बार बात की जाती है, क्योंकि वह दौलत बेग ओल्डी इलाके से सिर्फ 30 किमी दूर है। दौलत बेग लद्दाख की ऐसी समतल ज़मीन है, जहां हमने हवाई अड्डा भी बना रखा है। देपसांग से करीब 70 किमी दूर सियाचिन का वह इलाका है, जो सामरिक दृष्टि से भारत के लिए बेहद महत्त्वपूर्ण है। वहीं से काराकोरम दर्रा भी नजदीक है। क्या संवाद के दौरान भारत देपसांग पर अपनी पकड़ मजबूत बनाए रखने की कोशिश करेगा अथवा यथास्थिति के मद्देनजर वहां की मोर्चेबंदी भी छोड़ दी जाएगी? हमें एहसास है कि रणनीतिक और सैन्य संबंधी मामलों पर ऐसी सार्वजनिक चर्चा नहीं की जानी चाहिए, लेकिन सवाल तो जिज्ञासापूर्ण तरीके से ये भी पूछे जा रहे हैं कि चीनी सेनाएं बीते साल अचानक ही, कोरोना संकट के दौर में, हमलावर तरीके से क्यों घुस आईं। वह आक्रमण अनपेक्षित था। अब अचानक ही पीछे हटने पर सहमत हो रही है, जबकि उन इलाकों का मौसम भी पहले जैसा ठंडा और बर्फीला नहीं रहा। बेशक अंतरराष्ट्रीय दबाव और मजबूरियां हो सकती हैं। क्या वही बुनियादी कारण रहा है कि चीनी सेनाएं लौटने को तैयार हुई हैं? लिहाजा हमारा मानना है कि संवाद अपनी जगह महत्त्वपूर्ण और कारगर है, लेकिन चीन की छलवादी फितरत को भी भूला नहीं जा सकता, लिहाजा उसकी हरेक गतिविधि पर 'आंख' गड़ाए रखना भी रणनीतिक होगा।

प्रसंग आपातकाल का.....

आज आपातकाल प्रासंगिक नहीं है। स्वतंत्र भारत के इतिहास में दर्ज वह ऐसा काला, डरावना और अलोकतांत्रिक कालखंड है, जिसे याद भी नहीं करना चाहिए। उस कालखंड और तानाशाही को पराजित करने के मायने 'दूसरी स्वतंत्रता' से कम नहीं हैं। नागरिकों के मौलिक अधिकार छिन गए थे। संविधान और न्यायपालिका को लगभग 'बंधक' बना लिया गया था। दुर्भाग्य से जो नागरिक जेलों में कैद थे, उनकी पेशी और जमानत के अधिकार निलंबित कर दिए गए थे। अवैध और असंवैधानिक तरीकों से करीब 11 लाख विरोधियों, पत्रकारों, बौद्धिकों, इतिहासकारों आदि को जेलों में ठूंस दिया गया। पूर्व प्रधानमंत्री चंद्रशेखर और अटलबिहारी वाजपेयी भी उनमें शामिल थे। कमोबेश 19 माह का कारावास तो झेलना पड़ा। पुरुषों की जबरन नसबंदी कराई गई, बेशक जनसंख्या नियंत्रण की दलीलें दी गईं। सभी चुनाव स्थगित कर दिए गए। यानी लोकतंत्र ठप...! भारतीय प्रेस परिषद सरीखी संवैधानिक संस्थाओं को भंग कर दिया गया। मीडिया पर पहरे बिठा दिए गए। जिन्होंने तानाशाही के सामने घुटने टेक दिए थे, उन्हें भी सूचना एवं प्रसारण मंत्री से अख़बार की सामग्री पर हरी झंडी लेनी पड़ती थी। जो आपातकाल के खिलाफ तने और डटे रहे, उनके दफ्तरों की बिजली काट दी गई। फिर भी अन्वेषी मस्तिष्क ने रास्ता खोज लिया और ट्रैक्टर के जरिए प्रिंटिंग मशीन चलाकर अख़बार छापा गया। आपातकाल के विरोध में अख़बारों ने पहला पन्ना 'काला' छापा और संपादकीय पृष्ठ को खाली ही रखा गया। उस लोकतांत्रिक विरोध ने आपातकाल के तानाशाहों को भी कंपा दिया था। जिन्होंने वह बर्बर और तानाशाह दौर देखा और झेला था, उनमें लालकृष्ण आडवाणी, नीतीश कुमार, सुशील मोदी और लालू प्रसाद यादव, बुजुर्ग पत्रकार मनमोहन शर्मा सरीखे कई चेहरे आज भी हमारे बीच मौजूद हैं। वे कहानियां सुनाते रहे हैं कि किस तरह 25 जून, 1975 की आधी रात में तत्कालीन प्रधानमंत्री इंदिरा गांधी ने सोते हुए राष्ट्रपति फ़ख़रुद्दीन अली अहमद को जगाया था और

आपातकाल के सरकारी दस्तावेज पर हस्ताक्षर कराए थे। बहरहाल आपातकाल 21 मार्च, 1977 को समाप्त किया गया। उसके बाद संपन्न चुनावों में नवगठित जनता पार्टी की केंद्र में सरकार बनी और मोरारजी देसाई देश के प्रधानमंत्री चुने गए। इंदिरा गांधी कुछ वक्त के लिए अप्रासंगिक हो गईं, लेकिन 1980 तक जनता पार्टी सरकार के अंतर्विरोध और नेताओं की महत्त्वाकांक्षाएं सतह पर आने लगीं। विभाजन हुआ और चौ. चरण सिंह प्रधानमंत्री बने। सरकार को कांग्रेस ने बाहर से समर्थन दिया। चरण सिंह ऐसे प्रधानमंत्री साबित हुए, जो संसद में प्रवेश नहीं कर सके। कांग्रेस की राजनीतिक रणनीति तब बेनकाब हुई, जब कांग्रेस ने समर्थन वापस ले लिया। सरकार का पतन हुआ और नए चुनावों में देश ने एक बार फिर इंदिरा गांधी के नेतृत्व में कांग्रेस को जनादेश दिया। आज 2021 में, करीब 45 सालों के बाद, आपातकाल का ज़िक्र हो रहा है, तो उसकी दो वजह हैं। एक तो हम देश की मौजूदा, युवा पीढ़ी को संक्षेप में बताना चाहते हैं कि आपातकाल दरअसल क्या था। दूसरे इंदिरा गांधी के पौत्र राहुल गांधी ने भी आपातकाल को एक 'गलती' माना है। हम आपातकाल को सिर्फ 'राजनीतिक गलती' करार नहीं दे सकते। हालांकि कांग्रेस के भीतर शीर्ष स्तर पर किसी भी नेता ने आपातकाल के लिए देश से 'सार्वजनिक माफी' नहीं मांगी है। चूंकि आज के संदर्भ में कई विरोधी नेता प्रधानमंत्री मोदी और उनके शासन को 'अघोषित आपातकाल' करार देते रहे हैं। विरोध के लिए कुछ भी बोला जा सकता है, क्योंकि देश में बोलने और अभिव्यक्ति की आज़ादी का लोकतंत्र है। इंदिरा गांधी ने बुनियादी तौर पर इन्हीं पर पाबंदियां थोपी थीं। उधर कई आलोचक आज के भारत की स्थिति को भी आपातकाल का ही प्रारूप मानते हैं। संवैधानिक संस्थाओं को जिस तरह सरकार हांक रही है, उससे कई आलोचक नाराज हैं। हालांकि यह भी सच है कि हररोज अख़बारों में मोदी-विरोधी संपादकीय भी छपते हैं और टीवी चैनलों की बहस में सरकार को खूब कोसा जाता है। आखिर कितनों पर आपातकाल सरीखे देशद्रोह के केस बनाए जाते हैं? कोई राजनीतिक गलती इतनी भयंकर और क्रूर नहीं हो सकती। वह साज़िशाना रणनीति थी कि देश का लोकतंत्र और संविधान ही बदल दिया जाए। उन योद्धाओं और कुर्बानियों का आभार जताते हैं कि देश बच गया, लिहाजा मौजूदा पीढ़ी भी देश की लोकतांत्रिक व्यवस्था में भरोसा रखे।

पानी से भी सस्ता टीका

कोरोना की वैश्विक आपदा अब अपने भयानक दौर में प्रवेश कर गई है। खासकर हमारा देश इस वक्त अभूतपूर्व संकट में है। प्रतिदिन तीन लाख के करीब नए संक्रमण के केस सामने आ रहे हैं और आशंका जताई जा रही है कि यह संख्या पांच लाख तक भी पहुंच सकती है। पिछले साल सितंबर में, तब तक के अधिकतम सक्रिय मरीज करीब 10 लाख थे जो अब दोगुने हो गए हैं। कोई आश्चर्य नहीं कि बहुत जल्दी ही यह संख्या भी द्विगुणित हो जाए। जाहिर है, हमारी स्वास्थ्य व्यवस्था इतना बड़ा बोझ उठाने के लिए सक्षम नहीं है। महामारी के पहले साल में हमें तैयारी करने के लिए जो समय मिला था, उसे हमने उत्सव मनाने और चुनाव प्रचार करने में व्यर्थ गंवा दिया। लापरवाह राजनीतिक नेतृत्व का नुकसान अब पूरे देश को मिलकर उठाना पड़ रहा है। हमें याद रखना चाहिए कि हमने कभी इस बात की फिक्र नहीं की कि हमारी सत्ताएं देश के स्वास्थ्य को बेहतर करने के लिए कितना खर्च कर रही हैं?

कोवैक्सीन टीका बनाने वाली कंपनी भारत बायोटैक के चेयरमैन डा. कृष्णा इल्ला ने कहा था कि कोरोना वायरस का टीका पानी से भी सस्ता होगा। पानी की बोतल की कीमत के पांचवें हिस्से से भी कम टीके की कीमत होगी। औसतन पानी की बोतल 20 रुपए की है, लिहाजा टीका मात्र 4 रुपए का होना चाहिए। डा. इल्ला ने भारतीय जन-मानस के साथ या तो मज़ाक किया था अथवा अपने टीके की मार्केटिंग की थी। कंपनी ने राज्य सरकारों के लिए 600 रुपए और निजी अस्पतालों के लिए 1200 रुपए प्रति खुराक के दाम तय किए हैं। प्रधानमंत्री मोदी के आग्रह के बावजूद भारत बायोटैक ने टीके की कीमत कम नहीं की थी। यह संपादकीय लिखने तक की स्थिति थी। हालांकि कोविशील्ड का उत्पादन करने वाले सीरम इंस्टीट्यूट ने बुधवार को ही 100 रुपए प्रति खुराक कम कर दिए थे। अब उसकी एक खुराक राज्य सरकारों को 300 रुपए में उपलब्ध होगी। अलबत्ता दोनों ही कंपनियां भारत सरकार को 150 रुपए प्रति खुराक के हिसाब से टीका मुहैया करा रही

हैं। भारत सरकार ड्रग्स एंड पेटेंट एक्ट के तहत किसी भी औषधि और इंजेक्शन की कीमत निर्धारित कर सकती है। टीकों की अलग-अलग कीमतों का सवाल सर्वोच्च न्यायालय ने भी उठाया है कि भारत सरकार और राज्य सरकारों के बीच यह विरोधाभास और फर्क क्यों है? भारत सरकार को इसका तार्किक जवाब दाखिल करना होगा। दरअसल बुनियादी मुद्दा कोवैक्सीन से जुड़ा है, जिसे हमने पूरी तरह 'भारतीय टीका' घोषित किया था। भारत बायोटैक के साथ-साथ केंद्र सरकार के आईसीएमआर का नाम भी जुड़ा है। यानी दोनों के सहयोग से यह टीका विकसित किया गया है। कंपनी के चेयरमैन का दावा है कि टीके की निर्माण-प्रक्रिया में भारत सरकार से आर्थिक मदद नहीं मिली, जबकि केंद्रीय स्वास्थ्य राज्यमंत्री अश्विनी चौबे ने खुलासा किया है कि टीका बनाने में भारत सरकार ने भी फंडिंग की थी। कंपनी ने कहा है कि टीके के तमाम मानवीय परीक्षणों, शोध और विकास पर 350 करोड़ रुपए खर्च किए गए। अब कंपनी का स्पष्टीकरण है कि भविष्य में अन्य टीकों के शोध और विकास पर खर्च करने के मद्देनजर कोवैक्सीन की कीमत तय की गई है। यह तर्क हास्यास्पद है। कहां मात्र 4 रुपए में खुराक देने का आश्वासन और कहां राज्य सरकारों को भी 600 रुपए में एक खुराक मुहैया कराने की कीमत तय की गई है! निजी अस्पतालों में आम आदमी को यह टीका कितनी कीमत पर मिलेगा, फिलहाल निश्चित नहीं है। विदेशों में कोरोना टीके औसतन 300 रुपए से कम कीमत पर लगाए जा रहे हैं। कमोबेश भारत बायोटैक ने स्वीकार किया है कि टीके के निर्माण में आईसीएमआर के महानिदेशक डा. बलराम भार्गव, दिल्ली एम्स के निदेशक डा. रणदीप गुलेरिया और एनआईवी के निदेशक की खास भूमिका रही है। यानी कंपनी भारत सरकार के संस्थानों के सहयोग को कबूल कर रही है। क्या यह महत्त्वपूर्ण नहीं है? आखिर कोवैक्सीन में ऐसे कौन से सुर्खाब के पर लगे हैं कि वह विदेशों की तुलना में भी महंगा बेचा जा रहा है? ऐसे हालात तब हैं, जब भारतीयों के लिए टीका कंपनियों का एकाधिकार है। उनका उत्पादन भी सीमित है, लिहाजा 139 करोड़ की आबादी वाले देश में टीकाकरण का अभियान कब तक जारी रखना पड़ेगा? जाहिर है कि तब तक कोरोना संक्रमण का विस्तार भी होता रहेगा। यह कई प्रमुख चिकित्सकों ने भी कहा है कि कमोबेश 15-20 मई तक टीकाकरण नहीं किया जाना चाहिए। टीका लगवाने वाली भीड़ जमा होगी। उसमें किसी को भी कोरोना हो सकता है और उससे संक्रमण का फैलाव हो सकता है। विडंबना यह है कि फिलहाल सभी केंद्रों पर टीके भी उपलब्ध नहीं हैं, लिहाजा कई राज्यों ने 15 मई के बाद 18-44 आयु वर्ग वालों को टीकाकरण की घोषणा की है। अभी तो 45 पार और बुजुर्गों के लिए दूसरी खुराक देने को भी टीके उपलब्ध नहीं हैं। अभी भारत में 15

करोड़ से कुछ ज्यादा लोगों में टीकाकरण किया जा सका है, जिनमें 6.84 फीसदी ही ऐसे हैं, जिन्हें दोनों खुराक दी गई हैं। बेशक एक मई से शुरू होने वाले टीकाकरण के तीसरे चरण में रूस का टीका स्पूतनिक-वी भी उपलब्ध होगा, लेकिन भारत में उसका उत्पादन जुलाई तक ही संभव होगा।जॉनसन एंड जॉनसन सरीखे एक खुराक वाले टीकों पर भी विशेषज्ञों को विचार करना चाहिए। कमोबेश एकाधिकार टूटना बहुत जरूरी है।

विस्फोटक मोहभंग

हम अभी तक 'द लांसेट' को प्रख्यात वैज्ञानिक और चिकित्सीय शोध पत्रिका मानते थे। अब भी असंख्य लोगों का अभिमत यही होगा, लेकिन हमारी धारणा एकदम चकनाचूर हुई है। बड़ा विस्फोटक मोहभंग हुआ है। हमें एहसास है कि 'लांसेट' के अस्तित्व और स्वीकार्यता पर इसका कोई खास प्रभाव नहीं पड़ेगा, लेकिन मोहभंग छोटे-छोटे कंकर-पत्थर होते हैं, जो एकाएक 'रामसेतु' के रूप में अवतरित होते हैं। 'लांसेट' अपने अंतरराष्ट्रीय अहंकार में चूर, बेशक, रहकर ऐसे मोहभंगों की परवाह न करे, लेकिन विराट, विविध और व्यापक भारत भी 'लांसेट' की संपादकीय टिप्पणी को खारिज करता है। इसका बुनियादी कारण है कि पत्रकारिता इस स्तर पर भी दुराग्रहों से सनी हुई है। भारत का अपना अस्तित्व है, गौरव-सम्मान है, हैसियत है और दुनिया की सहस्त्र भुजाएं सुरक्षा चक्र की तरह उसके चौगिर्द मौजूद हैं। कोरोना वायरस की वैश्विक महामारी के मद्देनजर भारत के अपने यथार्थ हैं। खामियां भी हैं, तो कामयाबियां भी हैं। जिन विदेशी अंचलों ने 'लांसेट' की ताजपोशी की है, उनमें से कोई भी देश, भारत के एकमात्र राज्य उप्र से, बड़ा और विविध नहीं है।

भारत के लोग उस राज्य में भी कोरोना से लड़ रहे हैं, लथपथ हैं, लेकिन पराजित नहीं हुए हैं। नतीजतन आज उस राज्य में मरीज कम और ठीक होने वालों की संख्या अधिक है। हालांकि हम इसे भी निर्णायक स्थिति नहीं मानते। अभिप्रायः यह है कि ब्रिटेन और यूरोपीय देश, भारत के साथ तुलना, कैसे कर सकते हैं? हाहाकार और लाशों के अंबार तो दुनिया के सबसे ताकतवर और संपन्न देश अमरीका ने भी देखे हैं और चिंताजनक आंकड़ों के सिलसिले अब भी जारी हैं। यूरोपीय देशों में भी अस्पतालों के भीतर की दुर्दशा और अव्यवस्था तथा सड़कों पर मरते लोगों को दुनिया ने देखा है। वे सभी खुद को घोर विकसित देश मानते रहे हैं, लिहाजा 'लांसेट' का राजनीतिक विश्लेषण भारत के प्रधानमंत्री मोदी को ही 'कोरोना का खलनायक' कैसे करार दे सकता है? 'लांसेट' को

दुनिया का टीकाबाज तय नहीं किया गया है। तथ्यों और आंकड़ों के आधार पर पत्रकारिता समीक्षा कर सकती है। यह स्वतंत्रता हमें लोकतंत्र देता है, लेकिन 'लांसेट' के संपादकीय में जो आंकड़े दिए गए हैं, भारत उन्हें झेल चुका है और लगातार कई दिनों तक 4 लाख से अधिक संक्रमित मामलों को देख चुका है। ताजातरीन आंकड़े घटकर करीब 3.67 लाख रोजाना पर आ चुके हैं, लेकिन करीब 3.53 लाख ठीक होकर अपने घरों को लौट भी चुके हैं। मौतों की संख्या पूरे कोरोना काल के दौरान अब भी 2.5 लाख से कम हैं और 'पीक' के विभिन्न आकलन सामने आ रहे हैं। उनके मद्देनजर भारत में कोविड से मौतों की संख्या 10 लाख तक पहुंचना 'लांसेट' का एक पूर्वाग्रही आकलन है। वह भारत को बीमार और कोरोना के लिहाज से सबसे असुरक्षित और खतरनाक देश चित्रित करना चाहता है। शायद इस विश्लेषण के पीछे भी हमारे ही कुछ राजनीतिक दल होंगे, क्योंकि 'जयचंद' की परंपरा आज भी भारत में है।

भारत में, उसके प्रधानमंत्री, स्वास्थ्य मंत्री और अन्य जिम्मेदार चेहरों को, जवाबदेही के लिए मीडिया ने लगातार कठघरे में खड़ा किया है। यह भारत और उसके नागरिकों का विशेषाधिकार है, लेकिन कोई विदेशी पत्रिका अकेले प्रधानमंत्री पर ही ठीकरा फोड़ने की कोशिश करेगी, तो कमोबेश वह भारत को स्वीकार्य नहीं होगा और भारत उसे खारिज भी करेगा। 'जयचंद' अपनी साजिशें जारी रखें। पत्रकारिता की तटस्थता का धर्म यह है कि 'लांसेट' अमरीका, ब्रिटेन, यूरोपीय देशों और चीन के राष्ट्राध्यक्षों (राष्ट्रपति या प्रधानमंत्री) को भी, कोविड की अनियंत्रित और जानलेवा स्थितियों के लिए, कठघरे में खड़ा करती। पत्रिका में यह जानने की भी कोशिश करनी चाहिए थी कि इन देशों के नेताओं ने भारत की स्थिति पर क्या बयान दिए हैं और कितनी मदद मुहैया करवा रहे हैं, लेकिन कोरोना के सबसे बड़े अपराधी देश, चीन, को 'लांसेट' ने लगभग हरी झंडी दिखा दी। यह कैसी पत्रकारिता और कैसा विश्लेषण है। 'लांसेट' ने भारत में टीकाकरण अभियान की धीमी गति की बात कही है और सुझाव भी दिया है कि कोरोना के खिलाफ टीका ही सबसे मजबूत सुरक्षा चक्र है। ऐसे सुझावों का स्वागत है, लेकिन भारत के लोकतंत्र और संविधान में कोई प्रधानमंत्री किसी का भी गला घोंटने की कोशिश नहीं कर सकता। कानून की धाराएं प्रधानमंत्री को भी लपेट सकती हैं। भारत में प्रधानमंत्री को भ्रष्टाचार के एक मामले में 'अभियुक्त' तक घोषित कर दिया गया था और अदालती कार्रवाई का भी फैसला ले लिया गया था। बहरहाल 'लांसेट' को भारत की गरिमामय परंपराओं की

जानकारी कैसे होगी? बेहतर होगा कि पत्रिका विज्ञान और चिकित्सा के डाटा छापने तक ही सीमित रहे।

सांसों की संजीवनी

कोरोना वायरस की घुटन से जिनकी सांसें उखड़ रही थीं, अब उन्हें जल्द राहत मिल सकती है, क्योंकि एक और 'संजीवनी' की तलाश सार्थक हो गई है। रक्षा मंत्रालय के डीआरडीओ के वैज्ञानिकों के प्रयोग और परीक्षण सफल रहे हैं, नतीजतन एक और संपूर्ण स्वदेशी दवा का आविष्कार हुआ है-2 डीजी। यानी 2 डीऑक्सी-डी-ग्लूकोज। चूंकि विशेषज्ञ समूह की अनुशंसा पर भारत सरकार के औषधि महानियंत्रक ने इस स्वदेशी दवा के आपात इस्तेमाल की मंजूरी दे दी है, लिहाजा डा. रेड्डी लैब के सहयोग से दवा का उत्पादन होगा और 7-10 दिनों के अंतराल में यह 'संजीवनी' बाजार में उपलब्ध हो सकती है। एक कोविड रोधी टीके के बाद कोविड रोधी दवा...! यकीनन यह हमारे वैज्ञानिकों के बौद्धिक अनुसंधान का करिश्मा है। 2-डीजी को जीवन-रक्षक औषधि माना गया है, क्योंकि इसके मानवीय परीक्षणों के निष्कर्ष हैं कि दवा के सेवन से आक्सीजन की निर्भरता कम होगी। कोविड के जिन मरीजों को लगातार 7 दिनों तक दवा का घोल पिलाया गया, उनकी आक्सीजन ठीक स्तर पर रही और उनकी आरटी-पीसीआर रिपोर्ट भी नेगेटिव आई। यह दवा ग्लूकोज की तरह पाउडर के रूप में उपलब्ध होगी।

इसे पानी में घोल कर सुबह-शाम मरीज को दिया जा सकता है। अलबत्ता अंतिम निर्णय डाक्टर का ही होगा कि वह कितनी डोज बताता है। दवा के रूप में इस महान उपलब्धि की शुरुआत अप्रैल,2020 में हुई, जब भारत में कोरोना संक्रमण आकार ग्रहण करने लगा था। देश भर में लॉकडाउन की स्थिति थी। औषधि का महत्त्वपूर्ण दूसरा परीक्षण मई-अक्तूबर के दौरान किया गया, जब सितंबर में कोरोना की पहली लहर अपना 'चरम' छू कर ढलान की ओर बढ़ने लगी थी। तीसरा महत्त्वपूर्ण परीक्षण दिसंबर,'20 और मार्च,'21 के दौरान किया गया, जिसका संजीवन रूप अब देश के सामने है। इतना ही नहीं, पश्चिम बंगाल, आंध्र प्रदेश, तेलंगाना, महाराष्ट्र, गुजरात, राजस्थान, तमिलनाडु, कर्नाटक, दिल्ली, उप्र आदि राज्यों के 27 अस्पतालों में कोविड मरीजों पर व्यापक

परीक्षण किए गए। बताया जा रहा है कि नतीजे बेहद सुखद और सकारात्मक रहे। दरअसल यह कोविड की 'किलिंग एजेंट' दवा नहीं है। यानी वायरस को मारने का काम नहीं करती, बल्कि वायरस को शुरू में ही विस्तार से रोकती है। संक्रमित कोशिकाओं तक ही पहुंचना इस दवा की खासियत है। इससे मरीज में संक्रमण के लक्षण जल्दी खत्म हो जाते हैं। डीआरडीओ के नाभिकीय औषधि एवं संबद्ध विज्ञान संस्थान ने डा. रेड्डी लैब के सहयोग से यह दवा विकसित की है। फिलहाल यह दवा अस्पतालों को ही मुहैया कराई जाएगी।

उनके जरिए परीक्षण के जो डाटा सामने आएंगे, उन्हें अंतरराष्ट्रीय मेडिकल जर्नल्स में प्रकाशित किया जाएगा। ऐसी प्रक्रिया से दवा की प्रभावशीलता को सत्यापित किया जा सकेगा। दवा के अनुसंधान से जुड़े वैज्ञानिकों का दावा है कि 2-डीजी कोविड की किसी भी नस्ल और रूप पर कारगर साबित होगी, लिहाजा दवा को अंतरराष्ट्रीय पहचान और बाजार भी मिलेंगे। फिलहाल डीआरडीओ-रेड्डी कंपनी का फोक्स भारत के कोविड मरीजों पर ही है,क्योंकि आक्सीजन का संकट एक संवेदनशील मुद्दा बनकर सामने आया है। आक्सीजन की कमी के कारण कई मरीजों की मौत भी हुई है। बेशक 2-डीजी आक्सीजन का विकल्प नहीं है, लेकिन प्राण वायु पर किसी भी बीमार की निर्भरता को बेहद कम करना भी मानवीय उपलब्धि होगी। कोरोना के त्रासद काल की यह दवा एक नई उम्मीद, 'रामबाण, साबित हो सकती है। दावा यह भी किया गया है कि 42 फीसदी मरीजों की आक्सीजन निर्भरता तीसरे दिन ही खत्म हो गई। वैज्ञानिकों ने कोविड की पहली लहर के दौरान ही दवा के प्रयोगों को हैदराबाद की सेल्युलर एंड मॉलिक्यूलर बायोलॉजी की मदद से लैब में टेस्ट किया था। स्थापित मानकों पर मूल्यांकन करें, तो यह दवा लेने वाले मरीज दूसरे मरीजों की तुलना में अढ़ाई दिन पहले स्वस्थ हुए। बहरहाल 2-डीजी का स्वागत है। एक और स्वदेशी आयाम खुला है, जो यकीनन हमारी वैज्ञानिक सफलता का प्रतीक है।

हमें सांस लेने दो !

हमने अदालत को इतने कड़े शब्द बोलते कभी नहीं सुना अथवा पढ़ा। यदि ऑक्सीजन संकट के संदर्भ में दिल्ली उच्च न्यायालय की न्यायिक पीठ को कहना पड़ा है कि ऑक्सीजन रोकने वालों को हम लटका देंगे, अर्थात फांसी की सजा देंगे, तो संयम टूटने की यह पराकाष्ठा है। न्यायमूर्ति संवेदनशीलता के साथ-साथ बेहद सख्त भी प्रतीत हुए। अधिकारी बड़ा हो या छोटा, हम किसी को नहीं छोड़ेंगे। उन्हें लटका देंगे, जो ऑक्सीजन की आपूर्ति में रोड़ा बन रहे हैं। न्यायिक पीठ ने यह भी टिप्पणी की कि कोरोना वायरस की मौजूदा स्थिति सिर्फ 'दूसरी लहर' नहीं, बल्कि 'सुनामी' है। आईआईटी के अध्ययन मई मध्य में संक्रमण का 'पीक' मान रहे हैं, जाहिर है कि सुनामी का उफान भी बढ़ेगा। तब के लिए सरकार ने क्या तैयारियां की हैं? हम देश के नागरिकों को यूं ही मरने नहीं दे सकते। उच्च न्यायालय ने परोक्ष रूप से संविधान की व्याख्या भी कर दी, जो प्रत्येक नागरिक को अनुच्छेद 21 के तहत जिंदगी जीने का मौलिक अधिकार देता है। उसमें स्वास्थ्य सेवाएं और व्यवस्थाएं भी शामिल हैं। कमोबेश ऐसा बेबस, लाचार, असहाय परिदृश्य हमने कभी नहीं देखा। अमरीका और यूरोप में ऐसी हाहाकार मची होगी, लेकिन वे उससे उबर चुके हैं। हमारे अस्पतालों में कोरोना के मरीज मर रहे हैं, क्योंकि उन्हें ऑक्सीजन नहीं दी सकी। हम एक-एक सांस के लिए इतने मोहताज क्यों हो गए हैं? देश की राजधानी दिल्ली के बड़े अस्पताल ऑक्सीजन की कमी के कारण जीवन-मौत के संघर्ष झेल रहे हैं, तो छोटे शहरों और कस्बों के अस्पताल किस मंजर से गुज़र रहे होंगे? हमने यह भी पहली बार टीवी चैनलों पर ही देखा कि बड़े अस्पतालों के प्रख्यात डॉक्टर रो रहे हैं। वे कोरोना मरीज का इलाज आसानी से कर सकते हैं, लेकिन असहाय हैं, क्योंकि वे ऑक्सीजन पैदा नहीं कर सकते। यकीनन ऐसे अस्पतालों के चिकित्सकों और प्रबंधकों ने हेल्प लाइन या सरकारी कार्यालयों के अधिकृत फोन नंबरों पर अधिकारियों से बात की होगी। व्हाट्स एप और ट्विटर पर आपात संदेश भेजे होंगे। विडंबना यह है कि

अधिकारी या उनके चंपू फोन नहीं उठाते अथवा कभी बात हो भी जाती है, तो बदतमीजी से पेश आते हैं। झूठी दिलासा देते हैं। इस व्यवहार और संवेदनहीन व्यवस्था की बुनियाद यह है कि हमारी चिकित्सा व्यवस्था भी नौकरशाहों, अर्थात आईएएस और अन्य, के हाथों में है। डॉक्टर उनके लिए दूसरे दरजे के चेहरे हैं। वे खुदमुख्तार हैं और भगवान होने का मुग़ालता पाल रखा है उन्होंने। क्या प्रधानमंत्री मोदी इस नंगे और बदमिजाजी यथार्थ को नहीं जानते? प्रधानमंत्री ने कई फैसले किए हैं, कई आदेश दिए हैं। दिखावटी तौर पर उन्हें लागू भी कर दिया गया होगा! ऑक्सीजन की आपूर्ति के कई तरीके सामने दिखाई दे रहे हैं-रेलवे, विमान, सड़क। इसमें सेना के तीनों अंग भी जुट चुके हैं। जर्मनी से मदद आनी है। सिंगापुर से 4 क्रायोजेनिक टैंकर भारत में आ चुके हैं। 50,000 मीट्रिक टन ऑक्सीजन आयात के लिए ग्लोबल टेंडर की प्रक्रिया शुरू हो चुकी है। संभव है कि कुछ दिनों में स्थिति सुधर जाए, लेकिन तब तक उन सांसों और आंसुओं की जवाबदेही किसकी तय की जाए, जिनके जरिए देश का आम नागरिक गुहार कर रहा है- कृपया हमें सांस लेने दो! प्रधानमंत्री उन अफसरों से भी स्पष्टीकरण तलब करें, जिन्हें 162 ऑक्सीजन प्लांट स्थापित करने की योजना का दायित्व सौंपा गया था। हैरत है कि राजधानी दिल्ली में प्राण-वायु का एक भी प्लांट मौजूद नहीं है, जबकि इस प्लांट की स्थापना अपेक्षाकृत सस्ती है। प्रधानमंत्री उनसे पूछें कि छह महीने की अवधि में सिर्फ 33 प्लांट पर ही काम क्यों हो सका? शेष की नियति क्या है? प्रधानमंत्री उनसे भी कड़े अंदाज़ में पूछें, जो प्राण-वायु की आपूर्ति यथासमय करने में असफल रहे हैं। जिन्होंने जमाखोरी और कालाबाज़ारी की है। राज्य सरकारों को भी तलब करें। प्रधानमंत्री से इसलिए तमाम आग्रह किए जा रहे हैं, क्योंकि देश ने अपने सर्वोच्च नेता के तौर पर उन्हें दो-दो बार चुना है। हैरत है कि मौजूदा संकट तब है, जब भारत में ऑक्सीजन उत्पादन की कमी नहीं है। हम औसतन 7500 एमटी ऑक्सीजन रोज़ाना पैदा करते हैं, जबकि अभी तक मांग करीब 5000 एमटी की ही रही है। कोरोना के इस दौर में मांग 8-10 फीसदी बढ़ गई होगी। उतना तो भंडारण भी होगा। दरअसल संकट व्यवस्था का है। प्रधानमंत्री ने कई बदलाव किए हैं, लिहाजा अब चिकित्सा व्यवस्था का ढांचा बदलने की बारी है।

सांप्रदायिक आधार पर ध्रुवीकरण वाला चुनाव....

इतना रक्तरंजित, विभाजित और सांप्रदायिक आधार पर ध्रुवीकरण वाला चुनाव हमने हालिया कालखंड में नहीं देखा। अर्द्धसैनिक बल शांति और स्थिरता से मतदान कराने को जूझ रहे हैं। उन पर पत्थर मारे जा रहे हैं। तृणमूल कांग्रेस वाले उन्हें गालियां दे रहे हैं। तमाम दोषारोपण और संदेह भी सुरक्षा बलों के जवानों पर व्यक्त किए जा रहे हैं। विडंबना है कि भारत में अब चुनावों का चेहरा ऐसा बदल गया है। चुनाव आयोग ने बहुत बड़ी कार्रवाई करते हुए बंगाल की मुख्यमंत्री एवं तृणमूल की अध्यक्ष ममता बनर्जी पर रोक चस्पा की है कि वह मंगलवार रात्रि 8 बजे तक प्रचार नहीं कर पाएंगी। ममता ने इसके विरोध में कोलकाता में गांधी प्रतिमा के सामने धरना दिया है। उन्होंने आयोग के इस निर्णय को अलोकतांत्रिक और असंवैधानिक करार दिया है। बहरहाल बंगाल में आठ चरणों के मतदान में से आधा संपन्न हो चुका है और नौबत यहां तक आ गई है। चुनाव आयोग भी लगातार कटघरे में है। उस पर पूर्वाग्रह और प्रधानमंत्री, गृहमंत्री के इशारों पर काम करने वाला भी आरोपित किया गया है। ममता बनर्जी ने यहां तक कह दिया है कि 'मॉडल कोड ऑफ कंडक्ट' का नामकरण बदल कर 'मोदी कोड ऑफ कंडक्ट' कर देना चाहिए। भाजपा और तृणमूल के बीच ध्रुवीकरण और गालीनुमा आरोप इतने तीखे होते जा रहे हैं मानो 'करो या मरो' की कोई लड़ाई हो! चुनाव आयोग ने प्रचार पर रोक के साथ-साथ आचार संहिता का पालन करने की भी ममता को चेतावनी दी है, लेकिन आयोग ने भाजपा नेताओं पर अनुशासन की कोई चाबुक नहीं चलाई है। वे इतने मासूम भी नहीं हैं! हम चुनाव आयोग की व्याख्या से सहमत हैं कि ममता ने सांप्रदायिक आह्वान के जरिए ध्रुवीकरण की कोशिश की है। उन्होंने सार्वजनिक मंच से अपील की थी-'बंगाल के मुसलमानो! तुम एकजुट हो जाओ और तृणमूल के पक्ष में वोट करो।' आयोग का निष्कर्ष है कि ममता ने महिलाओं को भी उकसाया था कि वे केंद्रीय बलों का घेराव करें। तृणमूल के प्रवक्ता तर्क दे रहे हैं कि घेराव करना विरोध करने का एक लोकतांत्रिक तरीका है। तो फिर तृणमूल समर्थकों के हाथों में लाठियां और पत्थर क्यों और कहां से आ गए?

उकसावे का नतीजा यह हुआ कि जब कूचबिहार में सीआईएसएफ के जवानों का घेराव करने का सामूहिक प्रयास किया गया, तो जवानों को अपनी और हथियारों की सुरक्षा में गोलीबारी करनी पड़ी। उससे 4 लोगों की मौत हो गई और 4 घायल भी हुए। इसी संदर्भ में बंगाल भाजपा के अध्यक्ष दिलीप घोष और एक अन्य नेता की प्रतिक्रिया सामने आई कि सुरक्षा बलों को 8 को ही गोली मार देनी चाहिए थी। क्या यह घोर आपत्तिजनक बयान नहीं है? ममता के बयान पर प्रधानमंत्री मोदी ने भी प्रतिक्रिया दी थी। उसके प्रतीकात्मक मायने साफ थे कि यदि हिंदू एकजुट हो गए, तो दीदी जानती हैं कि क्या होगा? इस तरह बंगाल का पूरा चुनाव सांप्रदायिक ध्रुवीकरण पर लड़ा जाता रहा है, लिहाजा कुछ संदेह और सवाल चुनाव आयोग के हिस्से भी आए हैं। बंगाल के ही नॉर्थ दिनाजपुर जिले में बिहार के एक पुलिस अधिकारी को पीट-पीट कर मार दिया गया। सदमे में अधिकारी की मां की भी मौत हो गई।पुलिस अधिकारी अपराधियों को पकड़ने के लिए अपनी ड्यूटी पर थे। सवाल है कि ऐसी कानूनहीनता और जंगलीपन के लिए क्या अकेली ममता बनर्जी ही दोषी हैं? आयोग को जवाब देना पड़ेगा। हमें न चाह कर भी लिखना पड़ रहा है कि वह पुलिस अधिकारी 'हिंदू' था, लिहाजा आरोप तृणमूल पर लगाए गए हैं। यही ध्रुवीकरण के यथार्थ की बुनियाद है। ध्रुवीकरण और तुष्टिकरण ममता के साथ-साथ भाजपा नेताओं ने भी सरेआम किया है। हालांकि भाषा और अंदाज़ भिन्न रहे हैं। हमारा मानना है कि आयोग आंकड़े जारी करे कि बंगाल चुनाव में कितनी हत्याएं की गईं, कितनी हिंसक घटनाएं हुईं और उनमें सांप्रदायिक चेहरे कितने थे? तब साफ होगा कि बंगाल की संस्कृति और भद्रलोक को इन चुनावों ने कितना कलंकित और रक्तरंजित किया है। यह सरोकार भी आयोग का ही है कि चुनाव हिंदू-मुस्लिम सरीखे सांप्रदायिक मुद्दों पर नहीं होने चाहिए। क्या भारत में यह संभव है? क्या चुनाव आयोग ध्रुवीकरण पर रोक लगा सकता है? सिर्फ इतना चिल्लाने और कोसने से काम नहीं चलेगा कि चुनाव आयोग एक संवैधानिक संस्था है। हमें भी उस पर गर्व है, लेकिन आयोग पर पूर्वाग्रह के धब्बे नहीं लगने चाहिए। उसकी तटस्थता और शुचिता ही सवालिया होती चली गई, तो सिर्फ संवैधानिक होने से बचाव नहीं किया जा सकता।

इलाज के साथ खिलवाड़....

कोरोना वायरस का आतंक और खौफ तो जारी है, लेकिन संक्रमित मरीज को कई स्तरों पर विरोधाभास, अंतर्विरोध झेलने पड़ रहे हैं। बेचारा मरीज भ्रमित है। उसके लिए सभी डॉक्टर 'भगवान' के ही रूप हैं, क्योंकि वे ही संक्रमण से निजात दिला सकते हैं और अंततः जीवन-दान तय कर सकते हैं। चिकित्सा और कोविड के इलाज पर भारत में कोई राष्ट्रीय नीति और दिशा-निर्देश भी नहीं हैं, लिहाजा डॉक्टर का निर्णय ही 'ब्रह्मसत्य' माना जाता है। राजधानी दिल्ली में देश के सबसे बड़े चिकित्सा-संस्थान एम्स के निदेशक डा. रणदीप गुलेरिया ने टीवी चैनलों पर बार-बार दोहराया है कि कोविड के मरीज को सीटी स्कैन कराना जरूरी नहीं है। एक बार का स्कैन 300-400 चेस्ट एक्सरे के समान है, लिहाजा विकिरण (रेडिएशन) की कल्पना ही की जा सकती है। यह विकिरण, अंततः, मानवीय अंगों को क्षति ही पहुंचाता है। कोविड-काल में यह चलन बढ़ता जा रहा है कि मरीज खुद ही सीटी स्कैन कराने चले जाते हैं। यदि रोग बढ़ने पर अस्पताल जाना पड़ा, तो वहां के डॉक्टर 2-3 दिन पहले के सीटी स्कैन को खारिज कर देते हैं और मरीज को नया सीटी स्कैन कराने का आग्रह करते हैं। यानी दुगुना विकिरण और घातक प्रभाव...! इसके पीछे कारोबारी दृष्टि भी है, क्योंकि एक बार का सीटी स्कैन 6000-8000 रुपए में किया जाता है।

जब बुखार न होने, ऑक्सीजन का स्तर 94 से अधिक होने, कोई खांसी अथवा सांस की समस्या न होने के बावजूद उसे रेमडेसिविर 100 एमजी के पांच इंजेक्शन दिए गए और सीरिंज के जरिए ही कई बार स्टेरॉयड दिया गया। ये दोनों दवाएं, कोविड के लिए, जीवन-रक्षक या राम-बाण नहीं हैं, यह विश्व स्वास्थ्य संगठन के साथ-साथ विश्व के प्रख्यात चिकित्सक और वैज्ञानिक भी शोधात्मक तौर पर स्थापित कर चुके हैं। भारत में फिर भी डॉक्टर इन दवाओं को लिख रहे हैं और जमकर कालाबाज़ारी की जा रही है। इसके

अलावा, प्रख्यात चिकित्सकों डा. गुलेरिया, डा. अशोक सेठ, डा. नरेश त्रेहन, डा. अरविंद कुमार, डा. एम.वली, डा. राहुल भार्गव, डा. श्याम अग्रवाल आदि की चर्चाओं को हमने सुना है। उनकी स्थापनाओं के आधार पर हम जनता को जागरूक करना चाहते हैं कि रेमडेसिविर, स्टेरॉयड या घर में ही ऑक्सीजन सिलेंडर आदि का इस्तेमाल न करें। हर स्थिति में डॉक्टर की ही सलाह लें, बेशक उन पर भी विरोधाभास हों। गौरतलब यह भी है कि प्लाज़्मा थेरेपी के लिए भी मारा-मारी जारी है। कैंसर विशेषज्ञ डा. अंशुमान कुमार का मानना है कि सीटी स्कैन से कैंसर की संभावनाएं पुख्ता होती हैं। इसके लक्षण कुछ वक्त के बाद स्पष्ट होने लगते हैं। यदि कोविड के शुरू में ही स्टेरॉयड दिए गए, तो मरीज की जान भी जा सकती है। इन इलाजों के दुष्प्रभाव ये भी हैं कि हड्डियां क्षतिग्रस्त हो सकती हैं, शुगर का स्तर 300-400 तक बढ़ सकता है, एसिडिटी बहुत होने लगती है और आंखों पर भी असर होता है।

गुजरात में 2000 से ज्यादा मामले सामने आए हैं, जो शुगर के रोगी नहीं थे, लेकिन स्टेरॉयड के बाद उन्हें शुगर का रोग लग गया है। दरअसल कोविड का जो मरीज मृत्यु-शैया पर अस्पताल में है, वह डॉक्टर को बाध्य कैसे कर सकता है कि उसे रेमडेसिविर, स्टेरॉयड या अमुक दवा न दी जाए, क्योंकि उसने प्रख्यात डॉक्टरों की चर्चाएं सुनी हैं? यह विडंबना भी है और भ्रमजाल भी है, क्योंकि ऐसी दवाओं के इस्तेमाल के बावजूद मरीज ठीक हो रहे हैं। अस्पतालों में डॉक्टर मरीज के परिजनों से आग्रह कर रहे हैं कि वे रेमडेसिविर और स्टेरॉयड या ऑक्सीजन सिलेंडर का बंदोबस्त कर लें। उसी के बाद इलाज शुरू किया जा सकेगा। यह कैसी व्यवस्था है हमारे देश की? चिकित्सकों के बीच इलाज के ये अंतर्विरोध भी क्यों हैं? प्लाज़्मा की कोई प्रामाणिकता नहीं है। हमने ऐसे कई मामलों में मरीज की मौत की ख़बर ही सुनी है। इस विश्लेषण में हमारा कोई दावा नहीं है, क्योंकि हम चिकित्सक नहीं हैं, लेकिन उनके मुताबिक जो भी यथार्थ है, उसे सार्वजनिक कर रहे हैं, ताकि मरीज गुमराह न हो। विदेशों से भी रेमडेसिविर की खेप आ रही हैं। आखिर क्यों...? या तो प्रमुख डॉक्टरों की चर्चाओं पर पाबंदी लगाए सरकार अथवा उनकी स्थापनाओं और मरीज को गंभीरता से लिया जाए! कोरोना के मरीज से खिलवाड़ की इजाजत कैसे दी जा सकती है?

कोरोना का तीसरा प्रहार तय....

भारत सरकार के प्रधान वैज्ञानिक सलाहकार के. विजय राघवन ने आगाह किया है कि कोरोना वायरस की तीसरी लहर भी तय है। उन्होंने 'आसार' या 'संभावना' शब्दों का इस्तेमाल नहीं किया, बल्कि यह भी चेतावनी दी कि तीसरी लहर बहुत तेजी से आ सकती है और उसे टाला नहीं जा सकता। वैज्ञानिक सलाहकार ने कोरोना के नए प्रकार के प्रति सचेत और तैयार रहने की भी अपील की है। यह लहर कब आएगी, इसका निश्चित समय उन्होंने नहीं बताया। अलबत्ता विशेषज्ञ सितंबर-अक्तूबर का अनुमान लगा रहे हैं। केंद्र सरकार के वैज्ञानिक सलाहकार के दावे से पहले कुछ प्रख्यात चिकित्सक भी तीसरी लहर ही नहीं, बल्कि चौथी लहर तक के आकलन दे चुके हैं। उनके शोधात्मक निष्कर्षों पर सरकार के वैज्ञानिक विशेषज्ञ ने मुहर लगाई है, तो अब महामारी के नए दौर की अपरिहार्यता समझनी चाहिए। फिलहाल कोविड की दूसरी लहर के घातक और जानलेवा थपेड़े हम झेल रहे हैं। संक्रमण का नया आंकड़ा 4.12 लाख, एक ही दिन में, को पार कर चुका है। मौतें भी 4000 के करीब पहुंच चुकी हैं। संक्रमण का आंकड़ा दुनिया के सभी देशों से ज्यादा है और एक दिन में मौतें भी कीर्तिमान स्थापित कर रही हैं। इस संदर्भ में अमरीका और ब्राजील से हम होड़ ले रहे हैं। भारत में 35 लाख से ज्यादा सक्रिय मरीज हैं।

यानी जिनका इलाज जारी है। देश की औसत संक्रमण-दर करीब 25 फीसदी है। कई शहरों में यह दर 50 फीसदी को भी लांघ चुकी है। ध्यान रहे कि कुल संक्रमण का आंकड़ा 2 करोड़ पार किए अंतराल बीत चुका है। बहरहाल हम किसी को डराने अथवा हतोत्साहित करने की कोशिश में नहीं हैं, बल्कि कोरोना की दूसरी लहर का यथार्थ याद दिला रहे हैं। इस वीभत्स दौर के बीच ही बंगलुरू के इंडियन इंस्टीट्यूट ऑफ साइंस ने गणितीय आधार पर आकलन किया है कि 11 जून तक 4.4 लाख से ज्यादा मौतें हो सकती हैं। अभी तक मौतों का कुल आंकड़ा 2.30 लाख से अधिक है। यानी भारत में

कोरोना से मौतें दुगुनी हो सकती हैं! बहरहाल अभी तो हम कोविड की दूसरी लहर के 'पीक' की प्रतीक्षा कर रहे हैं। हालांकि विशेषज्ञों का आकलन है कि मई के अंत में 'पीक' की स्थिति आ सकती है और उसके बाद संक्रमण कम होना शुरू हो सकता है, लेकिन अब विशेषज्ञ लगभग सर्वसम्मत हैं कि यह कोविड के सामुदायिक संक्रमण का ही दौर है। संक्रमण गांवों तक फैल चुका है और अब विस्तार की मुद्रा में है। यह विडंबना है कि अभी डाटा शहरों और जिला मुख्यालयों तक ही सीमित है। गांवों में कोविड की टेस्टिंग भी नगण्य है। लोग अब भी जागरूक नहीं हैं। गुजरात के साणंद में जिस तरह हजारों महिलाओं की भीड़ ने सिर पर पानी से भरा घड़ा रखकर जुलूस निकाला और उस पानी को एक मंदिर पर चढ़ाया गया, क्या ऐसी भीड़ के रहते हुए कोरोना की तीसरी लहर को थामा जा सकता है?

पंजाब में किसानों ने बिना मास्क और दो गज की दूरी बनाए किसान कानूनों पर विरोध-प्रदर्शन किया और कानूनों को कोविड से भी ज्यादा खतरनाक करार दिया, क्या ऐसी भीड़ संक्रमण को रोक सकती है? दरअसल आज भी देश का बड़ा हिस्सा वायरस को लेकर गंभीर नहीं है। आज भी मास्क को पुलिसवाले या कानून की धाराएं लागू करने में लगी हैं, लेकिन हम अब भी नाकाम हैं। भारत सरकार के प्रमुख वैज्ञानिक सलाहकार ने तीसरी लहर की घोषणा की है और अभी से तमाम जरूरी तैयारियां करने की अपील भी की है। उसके बावजूद ऑक्सीजन की लड़ाई सर्वोच्च न्यायालय के मोर्चे पर लड़ी जा रही है। न्यायाधीश खुद को असहाय महसूस कर रहे हैं। अस्पतालों के हालात देश जानता है। ऐसी भी मौतें हो रही हैं, जो सरकारी रिकॉर्ड में दर्ज नहीं की जातीं, लिहाजा कोरोना का असली डाटा तो देश के सामने है ही नहीं। बेशक सरकार और निजी स्तर पर तैयारियां की जा रही हैं, लेकिन सक्रियता तब शुरू हुई है, जब तूफान गति पकड़ चुका है। जानमाल नष्ट हो रहे हैं। अदालतें इस दौर और विभिन्न कमियों को 'नरसंहार' के समान आंक रही हैं। लिहाजा कुछ सवाल मौजू हैं कि भारत के लोगों को कौन बचाएगा? क्या तीसरी लहर मौजूदा लहर से ज्यादा प्रचंड और जानलेवा साबित होगी? एक विकल्प धुंधला-सा दिखाई देता है कि तीसरी लहर आने से पहले ही हम अधिकतम लोगों में टीकाकरण करें। लेकिन टीकों की भी भारी कमी है। तो फिर क्या करें? क्या देश को राम-भरोसे छोड़ दें और असंख्य लोगों को मरने दें?

जिंदगी को धमकी !!

सीरम इंस्टीट्यूट ऑफ इंडिया के सीईओ अदार पूनावाला को अचानक ही, सपरिवार, लंदन जाना पड़ा, तो यह कोई सहज और सपाट घटनाक्रम नहीं है। घुमक्कड़ी करने का यह कोई वक्त नहीं है। कमोबेश कोरोना वायरस के आपदाकाल में यह राष्ट्रीय सुरक्षा का मामला है। सीरम परिजनों ने न तो पलायन किया है और न ही देश छोड़ने का विचार किया है। यह अदार की प्रेस विज्ञप्ति से बिल्कुल स्पष्ट है। चूंकि उनका बेहद गंभीर आरोप है कि कुछ मुख्यमंत्रियों, मंत्रियों और ताकतवर नेताओं ने फोन पर उन्हें धमकियां दी थीं, लिहाजा वह गहरे तनाव और भय में थे। सीरम का काम पत्थर तोड़ने या रेत-गारा ढोने का नहीं है कि शाम होते-होते गणना की जा सके। यह अत्यंत नाजुक और वैज्ञानिक प्रक्रियाओं वाला काम है, क्योंकि मानवीय जिंदगी से जुड़ा सवाल है। सीरम हम भारतीयों की जिंदगियां बचाने का एक भरपूर प्रयास कर रहा है और कोरोना टीके-कोविशील्ड-का लगातार उत्पादन कर रहा है। महीने का औसत 6-7 करोड़ खुराक का है। जुलाई '21 से यह उत्पादन 10 करोड़ टीके माहवार तक बढ़ सकता है। यानी 139 करोड़ की आबादी के लिए 'संजीवनी' तैयार करने का वैज्ञानिक और मानवीय दायित्व सीरम के हाथों में है।

कोरोना कितनी भयावह और जानलेवा महामारी है, कमोबेश अब तक सभी को एहसास हो गया होगा! मुख्यमंत्री, मंत्री और बड़े नेता भी कोविड से अछूते नहीं रहे हैं। उनमें से कइयों को कोविड संक्रमण ने दबोचा है। कुछ दिवंगत भी हुए हैं। ऐसी विकट परिस्थितियों में एक 'संजीवनी-पुरुष' को धमकाने के मायने और अधिकतम खुराक मुहैया कराने के जबरन दबावों का औचित्य क्या है? सरकारों और सियासत पर सवाल किए जा रहे हैं। क्या ये 'जंगली व्यवहार' ही हमारे नेताओं के संस्कार हैं? भारत जितना विशाल और विविध देश है, उसकी बुनियादी 'हर्ड इम्युनिटी' के मद्देनजर करीब 200 करोड़ खुराक का दिया जाना लाज़िमी है। अभी तक देश भर में करीब 16 करोड़ लोगों में टीकाकरण हो पाया है। कइयों को तो दो खुराक भी दी जा चुकी हैं। यानी संख्या और भी

कम है। सीरम के अलावा भारत बायोटैक कंपनियां हैं, जिनके टीकों की सरकार के कोरोना विशेषज्ञ समूह ने अनुशंसा की थी। उसी के आधार पर भारत सरकार के औषधि महानियंत्रक ने आपात मंजूरी दी थी। बेशक कुछ और कंपनियां कोविड टीकों पर काम कर रही हैं, लेकिन उन्हें सरकार ने औपचारिक मंजूरी नहीं दी है। एकमात्र विकल्प हैं दो टीके...! स्पूतनिक रूस का टीका है। उसका भारत में उत्पादन जुलाई तक स्पष्ट होगा। अलबत्ता आपात मंजूरी के बाद टीके की आपूर्ति शुरू हो रही है। सीरम ऐसा संस्थान है, जो दुनिया का सबसे बड़ा टीका निर्माता और उत्पादक है। करीब 65 फीसदी बच्चे ऐसे होंगे, जिनको सीरम का कमोबेश एक इंजेक्शन जरूर लगा होगा।

उनमें डिप्थीरिया, बीसीजी, खसरा, चेचक, रोटा वायरस, रुबेला, हैपेटाइटिस आदि कई बीमारियों के इंजेक्शन अकेला सीरम ही बना रहा है, जिनका इस्तेमाल 170 से ज्यादा देश कर रहे हैं। विश्व स्वास्थ्य संगठन द्वारा भी मान्यता प्राप्त संस्थान है। यूरोप के कई देशों के साथ सीरम ने कारोबारी सहमति-पत्रों पर भी हस्ताक्षर कर रखे हैं, लिहाजा उसके अंतरराष्ट्रीय दायित्वों को भी समझना चाहिए। ऐसे प्रोफाइल की कंपनी के सीईओ को हमारे राजनीतिक नेतृत्व द्वारा हड़काने की हरकतें और मंशाएं समझ के बाहर हैं। अदार ने गोपनीय स्तर पर आरोपित मुख्यमंत्रियों, मंत्रियों और नेताओं के नाम प्रधानमंत्री मोदी को ब्रीफ किए होंगे! यकीनन धमकियां देने वालों ने राष्ट्रीय सुरक्षा के उल्लंघन का बड़ा अपराध किया है। यदि सीरम को धमकियां दी जा सकती हैं, तो किसी भी बड़ी कंपनी को हड़काया जा सकता है। ऐसे में भारत में निवेश और कारोबार कौन करना चाहेगा? बेशक टीकाकरण दुनिया का सबसे बड़ा अभियान है। भारत फिलहाल कोविड के नुकीले और घातक प्रहारों से ज़ख्मी है। टीकाकरण सबसे बड़ा मानवीय हथियार है। यह कोविड टीका केंद्रों के बाहर लगी लंबी लाइनों से ही साफ हो जाता है कि देश के लोग 'संजीवनी' लेने को कितने बेचैन और व्यग्र हैं? यदि ऐसे में सीरम टीका देने से इंकार कर दे अथवा गति धीमी कर दे, तो पूरा टीकाकरण अभियान ही अवरुद्ध हो सकता है! अदार ने यह भी स्पष्ट कर दिया है कि जुलाई तक कोरोना टीके की कमी बरकरार रहेगी, लिहाजा हमें उसी संयम के साथ टीका उपलब्ध होने की प्रतीक्षा करनी चाहिए। शेष सब कुछ सरकार के हवाले है।

आंकड़ों की बोली, मौत की भाषा

हिदायतें सिर उठाने लगीं, देश की हर करवट में यह जहर सा क्यों है। चारों ओर न चमत्कार और न राजनीति के पास कहने को कुछ बचा। आंकड़ों की बोली और मौत की भाषा में देश फिर उसी आम जनता के कंधों पर जो पिछले एक साल से झुक रहे हैं। मई मध्य में कोरोना वायरस के सक्रिय मरीजों का 'पीक' 40-48 लाख का हो सकता है। यह अवधि 14-18 मई के दौरान की हो सकती है। आगामी 10-12 दिनों में संक्रमित मरीजों का आंकड़ा 4.4 लाख रोज़ाना को छू सकता है। वैज्ञानिक इसे भी 'चरम काल' मान रहे हैं। कुछ विशेषज्ञों की गणना है कि जब कोरोना वायरस 'पीक' पर होगा, तो भारत में 7-8 लाख संक्रमित मरीज हररोज दर्ज किए जा सकते हैं। ये सभी विशेषज्ञ और वैज्ञानिक अपने-अपने विषयों और क्षेत्रों के प्रख्यात विद्वान माने जाते हैं। ये सभी गैर-सरकारी विशेषज्ञ हैं, लेकिन नीति आयोग के सदस्य डा. वी.के.पॉल की अध्यक्षता में अधिकार प्राप्त अफसरों की एक बैठक हुई, जिसका निष्कर्ष था कि अप्रैल के आखिर तक मरीजों का आंकड़ा 5 लाख तक बढ़ सकता है। इन विशेषज्ञों ने स्वास्थ्य मंत्रालय समेत अन्य संबंधित मंत्रालयों और अधिकारियों को आगाह किया है कि असामान्य कदम उठाए जाएं, ताकि 6 लाख संक्रमित मरीजों तक को ऑक्सीजन और अन्य सुविधाएं मुहैया कराई जा सकें। इस सरकारी आकलन को तो गंभीरता से लिया जाएगा। यदि कोरोना के 'पीक' के ऐसे अनुमान सच साबित हुए, तो हमारी व्यवस्था की कल्पना की जा सकती है। फिलहाल संक्रमण के आंकड़े 3.55 लाख रोज़ाना को पार कर चुके हैं। मौतें भी 2812 प्रतिदिन तक पहुंच चुकी हैं। मौतों के औसत में करीब 89 फीसदी की बढ़ोतरी हुई है। अकेले महाराष्ट्र में ही 832 मौतें दर्ज की गई हैं। बीते एक सप्ताह के दौरान कोरोना संक्रमण के करीब 22.5 लाख मामले बढ़े हैं। ये महामारी की दुनिया के नए कीर्तिमान हैं। अमरीका भी भारत के बाद है, जहां जनवरी, 2021 के एक सप्ताह के दौरान 17.9 लाख संक्रमित मामले बढ़े थे। संक्रमण की ऐसी स्थिति में ही हमारा

स्वास्थ्य ढांचा ढहने के कगार पर है, तो मई के 'पीक' में क्या आंकड़े और हालात होंगे? बेशक देश के प्रमुख चिकित्सक टीवी चैनलों पर आकर और अख़बारों में बयान तथा लेखों के जरिए हमारी हिम्मत बंधाने की कोशिश कर रहे हैं। घबराने और दहशत फैलाने की जरूरत नहीं है, यह दिलासा भी दे रहे हैं, लेकिन यह भी अपुष्ट जानकारी मीडिया में आई है कि कोरोना से जुड़े सरकारी विशेषज्ञ समूह ने एक प्रस्तुति के जरिए प्रधानमंत्री मोदी और कुछ मुख्यमंत्रियों को आगाह किया है कि 'पीक' बेहद भयानक हो सकता है। उप्र सबसे ज्यादा संक्रमित मामलों के साथ राज्यों की सूची में शीर्ष पर होगा और महाराष्ट्र करीब एक लाख संक्रमित मरीजों के साथ दूसरे स्थान पर हो सकता है। सूची में राजधानी दिल्ली और छत्तीसगढ़ राज्यों के नाम भी बताए गए हैं, जहां 60-65,000 संक्रमित मामले हो सकते हैं। अभी से दुगुनी या तिगुनी संख्या...! भयावह और अनियंत्रित तथ्य यह है कि ऑक्सीजन की आपूर्ति, वेंटिलेटर और आईसीयू बिस्तरों की स्थिति भी नकारात्मक होगी। यानी जरूरत के मुताबिक भारी कमी होगी। यदि ऐसे हालात पैदा होते हैं, तो जाहिर है कि मौतों की संख्या भी, उसी अनुपात में बढ़ेगी। चेतावनी का घंटा बजने लगा है। भारत में स्वास्थ्य ढांचा इतना व्यापक और मजबूत नहीं है कि इतनी भयावह महामारी को झेल सके। विडंबना यह रही है कि हमारा नेतृत्व दूरदर्शी भी नहीं रहा है, लिहाजा आज़ादी के 73 सालों में स्वास्थ्य पर जीडीपी का मात्र 3 फीसदी हिस्सा भी खर्च करने की पहल नहीं की जा सकी है। ऐसी महामारी की कल्पना भी हमारी सरकारों ने नहीं की और न ही ऐसी आपदा झेलनी पड़ी है। जो स्पेनिश फ्लू 1918 में फैला था और जिसमें करोड़ों लोग मारे गए थे, तब भारत ब्रिटिश उपनिवेश था। यानी हम गुलाम थे। दरअसल जब-जब ऐसे आकलन और शोध सार्वजनिक हुए कि भारत में संक्रमित मामले 1 करोड़ को पार कर सकते हैं और एक दिन में 2 लाख से ज्यादा लोग संक्रमित होंगे, तो हमारी व्यवस्था ने उन्हें स्वीकार करने में भी असमंजस दिखाए। आज दोनों ही यथार्थ भारत में हैं। संक्रमण के हररोज़ के आंकड़े आपके सामने हैं और भविष्य के अनुमानों का विश्लेषण हम कर रहे हैं। बेशक अमरीका, ब्रिटेन, जर्मनी और दूसरे देशों ने अपनी-अपनी मदद भारत को भेजनी शुरू कर दी है। उसमें ऑक्सीजन के कॉन्संट्रेटर और वेंटिलेटर भी हैं। अन्य मेडिकल उपकरण भी हैं, लेकिन जितनी व्यापक और विशाल आबादी का देश भारत है, उसके मद्देनजर ये मदद 'ऊंट के मुंह में जीरा' ही साबित होगी। बाकी राम जी भला करेंगे।

बंगाल की पहली पसंद "ममता"

दो मई आई और चली भी गई, लेकिन पश्चिम बंगाल में 'दीदी' की सत्ता ही बरकरार रही। लगातार तीसरी बार ममता बनर्जी की पार्टी तृणमूल कांग्रेस को जनादेश हासिल हुआ-प्रचंड और ऐतिहासिक! 2016 में 211 सीटों का जनादेश था, लेकिन अब 2021 में उसे भी पार करते हुए 213 सीटों तक पहुंच गया, जबकि 200 सीटों का दावा करते हुए सत्ता का स्वप्न संजोने वाली भाजपा के हिस्से 77 सीटें ही आई। प्रमुख विपक्ष होने और वामदलों तथा कांग्रेस का सूपड़ा साफ करने का संतोष जरूर कर सकती है भाजपा! जनादेश पूरी तरह 'बंगाली' ही रहा, क्योंकि हर कोने, हर इलाके से 'दीदी' को वोट हासिल हुए। बंगाल की पहली पसंद ममता ही रहीं और भद्रलोक, सांस्कृतिक चेतना वाले बंगाल ने फिलहाल भाजपा को स्वीकार नहीं किया। जनादेश से साफ हो गया कि भाजपा की आक्रामक और अक्षौहिणी चुनावी सेना की तुलना में अकेली 'दीदी' का करिश्मा और जन-समर्थन ही बेमिसाल था। प्रधानमंत्री मोदी, गृहमंत्री अमित शाह समेत मंत्रियों और मुख्यमंत्रियों के आरोप खोखले साबित हुए। 'जय श्रीराम' ने भी बेड़ा पार नहीं किया, लिहाजा सांप्रदायिक धुरवीकरण अपेक्षित मात्रा में नहीं किया जा सका।

जनता ने 'तोलाबाजी', 'कटमनी' और 'भ्रष्ट भाईपो' सरीखे गंभीर आरोपों को भी नकार दिया। 'दीदी' के जिस व्यंग्यात्मक संबोधन से प्रधानमंत्री को मुग़ालता हुआ होगा कि ममता को चुनाव में परास्त किया जा सकता है, बंगाली जनता ने उस संबोधन को नया रूप दिया-'दीदी गई नहीं, दीदी ही आई।' स्पष्ट हो गया कि अपार धनबल, जनबल, शक्ति-प्रदर्शन और डींगें हांकने से भाजपा कमोबेश विधानसभा के चुनाव नहीं जीत सकती। प्रधानमंत्री मोदी के चेहरे पर और उनके संबोधनों के बावजूद भाजपा ने एक दर्जन से अधिक विधानसभा चुनाव हारे हैं। भाजपा विमर्श और आत्ममंथन जरूर करेगी, लेकिन प्रधानमंत्री को भी आत्मचिंतन करना चाहिए। स्वीकारोक्ति प्रधानमंत्री पद को लेकर जरूर

है, लेकिन राज्यों में भिन्न नेतृत्व होना चाहिए, ताकि देश का संघीय ढांचा और चरित्र कायम रह सके। बहरहाल ममता बनर्जी ने लगातार 10 साल की सत्ता के बाद भी साबित किया है कि उनके खिलाफ कोई चुनावी लहर नहीं थी। भाजपा के कद्दावर नेताओं ने 'परिवर्तन' का सपना संजोया था। सपने कभी-कभार ही साकार होते हैं। इतने बड़े जनादेश के बावजूद एक विधानसभा सीट-नंदीग्राम-का जनादेश बिल्कुल उलट रहा और 'दीदी' उस सीट से चुनाव हार गईं हमें अचंभा नहीं हुआ, क्योंकि 'दीदी' ने बहुत बड़ा जोख़िम खेला था। उन्हें अच्छी तरह एहसास था कि उस इलाके में अधिकारी परिवार का राजनीतिक वर्चस्व दशकों से रहा है। शुभेंदु अधिकारी 'दीदी' के ही दाहिने हाथ थे और 2007 के नंदीग्राम-सिंगुर आंदोलन में वह ही ममता को लेकर गए थे। तृणमूल को एक ठोस राजनीतिक ज़मीन मिली थी। इस बार भाजपा के प्रत्याशी शुभेंदु अधिकारी ने 1956 वोट से ममता को हरा दिया। यह चुनाव आयोग का आधिकारिक परिणाम है। जनादेश के इस हिस्से को भी स्वीकार कर 'दीदी' ने नंदीग्राम के नतीजे को अदालत में चुनौती देने की घोषणा की है। 'दीदी' इसे चुनाव आयोग की धांधली मान रही हैं।

बहरहाल यह बाद की बात है, लेकिन ऐसी ऐतिहासिक जीत में अफसोस का भाव भी महसूस होगा। अब यह तय है कि यह पूरा जनादेश ममता बनर्जी के नाम दर्ज किया जाएगा। वह तृणमूल कांग्रेस की अध्यक्ष हैं, पूरा चुनाव प्रचार जख्मी होने के बावजूद उन्होंने ही संचालित किया, मुद्दे और पलटवार उन्होंने ही तय किए और उन्हीं के चेहरे पर जनादेश मांगा गया, लिहाजा अब उनके मुख्यमंत्री बनने में किसी भी तरह की नैतिकता नहीं ढूंढनी चाहिए। वह बेमानी और खोखली साबित होगी। ममता ही लगातार तीसरी बार बंगाल की मुख्यमंत्री बनेंगी। उन्होंने अपनी सरकार की प्राथमिकताएं भी घोषित कर दी हैं। कोरोना का टीकाकरण बंगाल में निःशुल्क होगा और गरीबों को बिन पैसे ही राशन मुहैया कराया जाएगा। ममता बनर्जी ने मुफ्त टीकाकरण का आग्रह केंद्र से भी किया है। उसके लिए वह अहिंसक धरना भी दे सकती हैं। उन्होंने ऐलान किया है कि सरकार का शपथ-ग्रहण समारोह बड़ा और भव्य नहीं होगा, क्योंकि यह कोरोना का संक्रमण-काल है। इतनी बड़ी जीत के बावजूद ममता ने एक साक्षात्कार में कहा है कि वह बिल्कुल नहीं बदलेंगी। सड़क पर संघर्ष करने वाली 'योद्धा' ही रहना चाहती हैं और बंगाल की अस्मिता की रक्षा करना चाहती हैं। यह जनादेश भी बंगाल, अस्मिता, देश और लोकतंत्र के नाम ही है।

किन शब्दों को जुबां दें.....

आज हम नि:शब्द हैं, लेकिन निष्क्रिय और निष्प्राण नहीं हैं। टीवी चैनलों पर फटी आंखों से देख रहे हैं। आंसुओं में भीगे शब्दों को भी सुन रहे हैं। हमारी आंखें भी भीगी हैं, लेकिन रुलाई नहीं फूट पा रही है। अभी यकीन पर लगाम लगी है। नियति पर भी भरोसा करना मुश्किल हो रहा है। उसके न्याय भी सवालिया लग रहे हैं। कोरोना वायरस की महामारी तो वीभत्स है। पूरी दुनिया झेल रही है। मौतें भी लाखों में गिनी जा रही हैं। अनौपचारिक डाटा कई गुना अधिक हो सकता है। वैश्विक महामारी के खिलाफ लड़ाई लडऩी है, लेकिन मानवीय संवेदनाएं सूखने लगें, किसी नवजात शिशु की मौत भी अफसरी आत्मा को झकझोर न पाए, सडक़ पर सरेआम उखड़ती सांसें भी व्यवस्था को कंपा न सकें, तो यह नियति कैसी है? किन कर्मों का फल भोगना पड़ रहा है? नि:शब्द इसलिए भी हैं, क्योंकि लोकतंत्र और सरकारों का जनाजा देखना पड़ रहा है। अदालत हररोज़ सरकारों पर तल्ख और असहनीय टिप्पणियां कर रही हैं।

दिल्ली उच्च न्यायालय ने तो केंद्र सरकार को अवमानना की कार्रवाई की धमकी दे दी है। फिलहाल 'राष्ट्रीय आपातकाल' पर सर्वोच्च अदालत के फैसले और निर्देश की प्रतीक्षा है। लिहाजा सवाल किए जा रहे हैं कि क्या अब देश की बागडोर और व्यवस्था अदालत-तंत्र को सौंप देनी चाहिए? लोकतंत्र और उसके जरिए पदासीन सरकारों का तो इकबाल ही समाप्त हो रहा है। 'सरकार' गालीनुमा शब्द महसूस किया जा रहा है। बेशक सरकारें गिनवा सकती हैं कि उन्होंने जनता को मुफ्त में क्या-क्या सेवाएं दीं और सुविधाएं मुहैया कराईं। ऐसे दावे करना भी गलत और अनैतिक है, क्योंकि जनता ने किसी भी मनोभाव में बहकर इस जमात को 'सिंहासन' सौंपे हैं। लोकतंत्र में वे 'जनसेवक' कहे जा सकते हैं, लेकिन वास्तव में वे 'संवेदनहीन शासक' हैं। उनकी रूह नहीं कांपती, जब देश की राजधानी दिल्ली के बड़े अस्पतालों में ही, ऑक्सीजन की कमी के कारण, कोरोना के गंभीर मरीज दम तोड़ देते हैं। शुक्रवार को दिल्ली के बतरा अस्पताल में जो 12 मरीज

मारे गए, उनमें से कई आईसीयू में थे। उनमें गैस से जुड़ी बीमारियों के विशेषज्ञ डॉक्टर भी थे। दुर्भाग्यपूर्ण और शर्मनाक…माथा पीटने को मन कर रहा है! डॉक्टर क्या ऐसे ही पैदा किए जा सकते हैं? मरने वाले डॉक्टर ने अपने पेशेवर कालखंड के दौरान न जाने कितनी जिंदगियां बचाई होंगी! है कोई स्पष्टीकरण सरकार के पास..? तो ऐसी आहत स्थितियों में किन शब्दों को जुबां दें, समझ नहीं आ रहा! ऐसे सरकारी अफसरों और कर्मचारियों के खिलाफ हत्या की धाराओं में मुकदमे दायर किए जाने चाहिए। शायद वह पहल भी अदालतें ही करेंगी! सरकारें इसलिए संवेदनहीन हैं, क्योंकि प्रधानमंत्री या मुख्यमंत्री तो कभी भी फोन नहीं उठाया करते, लिहाजा एक हेल्पलाइन जारी कर दी जाती है। उन नंबरों पर सरकारी दफ्तरों के जो कर्मचारी बिठाए जाते हैं, वे 99 फीसदी तो फोन नहीं उठाते। यदि फोन उठाएंगे, तो टका-सा जवाब देंगे। ऐसे जवाब किसी भी त्रासदी को टाल नहीं सकते।

उधर सरकारों के सूत्रधार राजनीतिक टोपियां बदलने में मशगूल रहते हैं। केंद्र और राज्य सरकारों में आरोप-प्रत्यारोप के दौर जारी रहते हैं। त्रासदियां घटती रहती हैं, उन्हें क्या फर्क पड़ता है? जब चुनाव का मौसम आएगा, तो वोटर भी खरीद लिए जाएंगे और मुफ्त बंटाई के मुद्दे भी तैयार कर लिए जाएंगे, लिहाजा सात दशकों की हमारी आज़ादी में स्वास्थ्य कभी चुनावी मुद्दा नहीं बन सका। यह हम जनता का भी अपराध है, लिहाजा बराबर की दोषी है। बहरहाल राजधानी के अस्पतालों में ऑक्सीजन के लिए हाथ जोड़ कर, गुहार करनी पड़ रही है कि प्राण-वायु 15 मिनट की रह गई है, 30-40 मिनट की ऑक्सीजन बची है, मरीज खतरे में हैं, लेकिन ऑक्सीजन का संकट बरकरार रहता है। यह स्थिति देश की राजधानी में है, तो दूरदराज के गांवों और कस्बों के हालात ज्यादा खराब होंगे! अभी उनके आंकड़े तो सार्वजनिक नहीं हुए हैं, उनमें वक्त लगता है, लेकिन दुनिया में सबसे ज्यादा ऑक्सीजन पैदा करने वाले देश की यह आम विसंगति है, तो क्या-क्या बोलें? ज्यादा बोलने लगेंगे, तो तोहमत लगेगी कि महामारी के वक्त में भी सरकार के साथ नहीं हैं। बहरहाल अब अदालत या जनता ही तय करें कि कैसी व्यवस्था चाहिए? तब तक जो मरता है, वह राम-भरोसे और ओम् शांति की दुआओं के साथ…।

वी.आई.पी.बीमार क्या होता है भाई.....

एक कड़वे सत्य के रूप में कोरोना के इलाज से लड़ते देश का वीभत्स मंजर हमारे समक्ष है। एक कहानी थी जिसमें दरवाजे पर लगा पर्दा बहुत खूबसूरत होता है और घर के अंदर का पूरा माहौल बहुत अधिक बदसूरत। कोरोना की वजह से हमारी स्वास्थ्य प्रणाली पर यह पर्दा उठ गया है और भेद भी खुल गया है। पेशेवर प्रबंधन की कमी से जूझती स्वास्थ्य सुविधाओं की जमीनी हकीकत का सबसे नाखुशगवार चेहरा जो हमारे सिस्टम में मौजूद है, वह सबको दिखने लगा है। अनेक समाचारों के अनुसार देश में काफी लोग ऑक्सीजन की कमी से दो-चार हो रहे हैं। वेंटिलेटरों की कमी है। बिस्तरों की कमी है। डॉक्टरों की कमी है। दवाइयों की भी कमी है। अनेक जगह गैर मानवीय माहौल ने समाज के साथ यही सबसे खराब काम किया है। पूंजीवाद के बढ़ते प्रभाव से सबको लगने लगा है कि पैसा सबसे बड़ा है और इनसानी जिंदगी इससे छोटी चीज है। हकीकत केवल यह है कि पैसा विनिमय का एक तरह का साधन है, जिसके जरिए लेन-देन होता है। आज हमारे अस्पताल, ऑक्सीजन प्लांट, दवा कम्पनी, सब निजी हैं तो उनका डिजाइन ही इस तरह है कि औसत मांग के लिए मैनपावर, स्टॉक, इंफ्रा रखने से अधिक लाभ मिलेगा, अधिक डिमांड के लिए रखने से उनकी नजर में 'वेस्टेज' ज्यादा होगी। आज निजी स्वास्थ्य ढांचा डिजाइन्ड ही ऐसे है कि वो औसत लोड पर दक्ष दिखेगा, ओवरलोड होते ही गिर जाएगा। भारत के संविधान में अनुच्छेद 14 से 18 तक समता के अधिकार की व्याख्या है। समानताएं कई स्तरों पर तय की गई हैं। विधि के सामने समानता, राज्य के अधीन विभिन्न सेवाओं में समानता, सामाजिक समता आदि के उल्लेख हैं। संविधान के मुताबिक, देश के सभी नागरिक समान हैं और उन्हें समान अवसर हासिल करने के समान अधिकार प्राप्त हैं। व्यवहार में ऐसा नहीं होता। हमारा देश और समाज कई जमातों में बंटा है-अमीर, सम्पन्न वर्ग, पदासीन राजनेता, नौकरशाह, न्यायमूर्ति, मध्य-निम्न वर्ग और गरीब आम आदमी! यह कोरोना वायरस महामारी का प्रलय-काल है। इन जमातों का वर्गीकरण आराम से देखा और महसूस किया जा सकता है। अस्पतालों में विशेष कक्ष

खाली रखे गए हैं, जिनमें ऑक्सीजन, वेंटिलेटर और आईसीयू से जुड़े बिस्तर उपलब्ध हैं। आप किसी भी अच्छे और बड़े अस्पताल में छापा मरवा कर इस यथार्थ को देख सकते हैं। गरीब आम आदमी सड़क पर तड़पते, तरसते, बिलखते हुए मर रहा है। अस्पतालों के बाहर ही त्रासदियां घट रही हैं, लेकिन पत्थर-दिल व्यवस्था खामोश, अंधी और निष्क्रिय है। आम आदमी का इलाज प्राथमिकता से नहीं हो सकता, बेशक उसकी सांसें उखड़ते हुए हमेशा के लिए थम जाएं। ऐसे असंख्य दृश्य राजधानी दिल्ली में भी आम हैं और देश के विभिन्न हिस्सों से भी हमारे सामने आ रहे हैं। सवाल है कि क्या इनसानी जान का मूल्य भी कम या ज्यादा आंका जा सकता है? क्या बीमार नागरिकों में भी अतिविशिष्ट और आम का विभाजन किया जा सकता है? क्या राष्ट्रीय आपदा के दौर में भी किसी अतिविशिष्ट के लिए आरक्षण किया जा सकता है? क्या कोरोना के इलाज के लिए भी वीआईपी होना लाजिमी है? हमने सवाल तो किए हैं, लेकिन ये तमाम परिस्थितियां हमारे देश में मौजूद हैं। यदि ऐसा है, तो फिर संविधान की जरूरत क्या है? बेशक सार्वजनिक रूप से दावा किया जाता रहे कि पदासीन जमात देश की सेवक है, दरअसल वह ही शासक है। यह संदर्भ तब उभरा है, जब दिल्ली सरकार के एक अधिकारी ने पंचतारा होटल 'अशोका' को आदेश दिया कि न्यायमूर्तियों, न्यायिक अधिकारियों और उन दोनों जमातों के परिजनों के लिए कोविड केयर केंद्र बनाया जाए। उसके लिए होटल के 100 कमरे अलग से तय किए जाएं। उस केंद्र को निजी अस्पताल 'प्राइमस' से जोड़ा जाएगा। यदि आदेश का पालन नहीं किया गया, तो दंडात्मक कार्रवाई भी की जा सकती है। चूंकि दिल्ली उच्च न्यायालय में याचिका पर सुनवाई होनी थी, लिहाजा अदालत ने इस पंचतारा व्यवस्था को खारिज कर दिया। अदालत का कहना था कि सरकार को इस आशय का आवेदन नहीं किया गया, तो पंचतारा होटल में कोविड केंद्र बनाने के आदेश क्यों और किसने जारी किए? अदालत ने बेहद तल्ख टिप्पणियां कीं कि ऑक्सीजन उपलब्ध नहीं है और 100 कमरे रिजर्व कर रही है सरकार! दिल्ली का सारा सिस्टम फेल हो गया है। हमारा भरोसा हिल चुका है। यह वक्त गिद्धों की तरह बर्ताव करने का नहीं है। यदि दिल्ली सरकार व्यवस्था नहीं संभाल सकती, तो हम केंद्र सरकार को कहेंगे कि वह तमाम चीजों की व्यवस्था करे। ऐसे दौर में अदालत मूकदर्शक नहीं बन सकती और इस तरह नागरिकों को मरते हुए नहीं देखा जा सकता। पंचतारा कोविड केंद्र के संदर्भ में न्यायाधीश की टिप्पणी थी- 'क्या दिल्ली सरकार हमें खुश करना चाहती है?' ये सवाल अपनी जगह हैं। बुधवार को दिल्ली सरकार को अदालत में हलफनामा दाखिल कर जवाब देना था। पंचतारा केंद्र के मुद्दे ने सोशल मीडिया और परंपरागत मीडिया में ऐसा

तूल पकड़ा कि देर रात सरकार को अपना आदेश वापस लेना पड़ा। अब जांच का नाटक किया जा रहा है। सरकार के अघोषित आदेश पर ही कोई अधिकारी ऐसा आदेश किसी सरकारी पंचतारा होटल को जारी कर सकता है, यह व्यवहार दुनिया जानती है। तो जांच के मायने क्या हैं? दरअसल कोविड की दूसरी लहर के दौरान मुख्यमंत्री केजरीवाल और उनकी सरकारी व्यवस्था पूरी तरह नाकाम साबित हुई है। मुख्यमंत्री भावुकता से काम चलाना चाह रहे हैं। केंद्र सरकार ने 8 ऑक्सीजन प्लांट बनाने के लिए स्वीकृति दी थी और बजट भी मुहैया कराया था। ऐसी निष्क्रियता पर केजरीवाल खामोश हैं। अब फ्रांस से प्लांट मंगवाए जा रहे हैं। वे कब आएंगे और कब स्थापित होकर ऑक्सीजन पैदा करने लगेंगे। ऐसे कई सवाल अदालत के सामने रहे हैं, लिहाजा दिल्ली सरकार ने तुष्टिकरण का पंचतारा पैंतरा खेलने की कोशिश की। वह नाकाम रही, बल्कि देश का संविधान सवालिया हो गया। मामला अब भी अदालत में है। देखते हैं कि निष्कर्ष क्या रहता है।

सांस की जंग में आस का दम

अस्पतालों में जगह कम पड़ने लगे और श्मशान में नई जगह तलाशी जाने लगे, तो समझ लीजिए यह अवसर आपदा से कम कुछ नहीं है। आसन्न संकट से निबटने की कार्ययोजना को लेकर देश की अदालतें सरकारों से जवाब–तलब करने लगें, तो जान लीजिए हालात गंभीर हैं। हर नया दिन बीते वक्त पर भारी पड़ने लगे, तो मान लीजिए कि वक्त के आगे चलना कोई मजबूरी नहीं, बल्कि जरूरी है। फिलहाल यही देश की सूरतेहाल भी है। कोरोना की दूसरी लहर ऐसा कहर बन कर टूटी है कि उससे शहर–दर–शहर सिहर गया है। जिस तरह संक्रमण के नये मामले लाखों में और मौत हजारों की संख्या को पार कर चुकी है, उससे महामारी का ग्राफ रोज नये 'शिखर' छू रहा है। नींद उड़ाने वाला तथ्य यह भी है कि ज्यादातर विशेषज्ञों का अनुमान है कि कोरोना का 'एवरेस्ट' अभी भी एक पखवाड़े से ज्यादा दूर है यानी इतने त्राहिमाम के बाद भी कोरोना की क्रूरता का कोहराम फिलहाल जल्द शांत होता नहीं दिख रहा है। आज जैसे हालात बन गए हैं, उनमें सवाल उठने लाजिमी हैं, उठ भी रहे हैं। केंद्र और राज्य सरकारें भले ही एक–दूसरे की लापरवाही का रंग बताकर इन सवालों से बचने की कोशिश कर रही हों, लेकिन सांस की जंग में आस का दम उखड़ा है, तो उसका कोई–न–कोई कसूरवार तो है ही। सीरो सर्वे की भयावह 'भविष्यवाणी' के बावजूद अस्पताल में बिस्तर से लेकर वेंटिलेटर और दवाइयों से लेकर ऑक्सीजन तक की किल्लत हुई है, जिसमें कहीं–न–कहीं हकीकत से आंख फेर लेने और पूर्व तैयारी के मोर्चे पर बुरी तरह फेल होने का अपराध तो हुआ ही है। पिछले एक साल से कोरोना पर काबू पाने के दावे अगर आज बेदम साबित हो रहे हैं, तो इसका मतलब वास्तविकता को परखने में हमसे बड़ी भूल तो हुई है। मौजूदा परिस्थितियों को अप्रत्याशित बताकर फौरी तौर पर भले ही इन सवालों से राहत ढूंढ ली जाए, लेकिन इससे समाधान की राह पर हम कोई बहुत लंबा सफर नहीं तय कर पाएंगे। यह सवाल हर मोड़ पर हमारे सामने आकर खड़े होंगे, इसलिए जरूरी है कि इनसे भागने के बजाय साथ

बैठकर अब तक जो हुआ उसकी साझा जिम्मेदारी ली जाए और आगे जो करना है, उसका जवाब भी तलाशा जाए। कोरोना की दूसरी लहर ने संसाधन के मोर्चे पर हमें हकीकत से रू–ब–रू करा दिया है। इस मामले में कई पैमानों पर तो हमारी हालत आग लगने पर कुआं खोदने जैसी है। लेकिन प्यास बुझाने के लिए कोरोना इस बार उतना वक्त भी नहीं दे रहा है। इसलिए 'कुआं' खोदने के साथ ही जो हमारे पास है, उसकी सही जमावट और उसके प्रबंधन में कसावट की जरूरत है। यही शायद इस समस्या का सबसे चुनौतीपूर्ण पक्ष भी है। स्वास्थ्य कभी हमारी प्राथमिकता में नहीं रहा, इस पर हमारा खर्च भी दूसरे देशों से काफी कम है। २०१९ के नेशनल हेल्थ प्रोफाइल से पता चलता है कि सार्वजनिक स्वास्थ्य पर हमारा खर्चा जीडीपी का केवल डेढ़ फीसद ही है। विश्व स्वास्थ्य संगठन का एक अध्ययन हमें बताता है कि यह इतना कम है कि दुनिया का मुकाबला करना तो दूर, हम दक्षिण एशिया में भी नीचे से दूसरे नम्बर पर हैं। भूटान, श्रीलंका, नेपाल जैसे देश स्वास्थ्य पर हमसे ज्यादा आनुपातिक खर्च कर रहे हैं। इसलिए जब स्वास्थ्य के बुनियादी ढांचे को ही पर्याप्त 'ऑक्सीजन' नहीं मिल रही है, तो वह करोड़ों देशवासियों की सांसों का इंतजाम कैसे कर सकता है? हालत सुधारने के लिए पिछले साल इसी समय केंद्र सरकार ने १५ हजार करोड़ रुपये के पैकेज को मंजूरी दी थी। इस पैकेज से देश भर के कई अस्पताल ऑक्सीजन और वेंटिलेटर की सुविधाओं वाले बिस्तरों से 'सुसज्जित' हुए, लेकिन कोरोना की 'तैयारी' इस पर भी भारी पड़ गई। केवल तैयारियों के मामलों में ही नहीं, फैसलों के स्तर पर भी हम पहली लहर के दौरान दिखी तत्परता को नहीं दोहरा पा रहे हैं। इसकी एक बानगी हमारे टीकाकरण कार्यक्रम में दिखाई दी। टीके बनाने में भारत दुनिया में सबसे अव्वल है, लेकिन फैसला लेने में हीला–हवाली के कारण हालात 'चिराग तले अंधेरा' वाले बन गए। टीके के लिए पहला ऑर्डर जारी करने में सरकार ने जनवरी तक का वक्त ले लिया, जबकि विदेशी एजेंसियां इससे काफी पहले भारतीय कंपनियों को ऑर्डर दे चुकी थीं। इस वजह से हमें आज भी अपनी जरूरत के मुताबिक टीका नहीं मिल पा रहा है, और हम दूसरे देशों से टीका मंगवाने के लिए मजबूर हुए हैं। मतलब चूक तो हुई है, जिसने हमें दुनिया के सबसे बड़े टीका निर्माता से टीका आयातक बना दिया है। समन्वय की यह कमी केंद्र और राज्य सरकारों के बीच भी दिख रही है। सरकारें साथ मिलकर चलने के बजाय आमने–सामने खड़ी हो रही हैं। ऑक्सीजन को लेकर राज्यों के बीच मची लूट को केवल दुर्भाग्यपूर्ण कहकर खारिज नहीं किया जा सकता, यह दरअसल कोरोना के खिलाफ चल रही हमारी मुहिम में घुस आई अफरा–तफरी का भी बड़ा संकेत है। तो फिर इसका इलाज क्या है? यकीनन हालात केवल

शासन–प्रशासन के भरोसे बैठे रहने से नहीं सुधर जाएंगे। विशेष परिस्थितियों में संसाधनों से लेकर नीतियों तक शासन व्यवस्था के हाथ बंधे होते हैं। यही वो परिस्थितियां होती हैं, जब समाज से आगे आने की अपेक्षा की जाती है। व्यक्तिगत कोशिशों से लेकर गैर–सरकारी संगठनों की जमीनी ताकत की भूमिका अहम हो जाती है। सरकार के दिशा–निर्देशों को पैरों की बेड़ियां मानकर नहीं, बल्कि जीवन की डोर समझ कर अपनाना होगा। एक छोटी–सी कवायद चीन में हुई है, जो बताती है कि कैसे छोटी–छोटी कोशिशें बड़े–बड़े बदलाव ला सकती हैं। चीनी लोग बसंत का त्योहार बड़े जोर–शोर से मनाते हैं। जैसे हम होली–दीपावली पर घर–परिवार के बीच रहना पसंद करते हैं, वैसे ही बसंत के मौसम में चीनी लोग बड़ी संख्या में अपने गृहनगर लौटते हैं। लेकिन इस बार फरवरी में यह परंपरा बदल गई। चीन की सरकार ने लोगों से बसंत का त्योहार जहां हैं, वहीं मनाने की अपील की। सरकार की एक अपील पर बीते साल की तुलना में घर लौटने वाले की संख्या ४० फीसद तक गिर गई। वायरस की चेन तोड़कर कोरोना को काबू में लाने के लिए आम जनता का ऐसा सहयोग बेहद जरूरी है। हमारे यहां भी अगर प्रधानमंत्री नरेन्द्र मोदी की 'जहां हैं, वहीं रहें' वाली अपील पर देश की जनता ऐसा अनुशासन दिखाती है, तो इससे कोरोना से लड़ाई का पूरा कलेवर बदल सकता है। इतना ही क्यों, सबसे बड़ा सहयोग तो हम यह कर सकते हैं कि जब जरूरी हो तभी घर से निकलें ताकि कोरोना की चपेट में ही न आएं। हम बीमार नहीं पड़ेंगे, तो हमारा परिवार भी सुरक्षित रहेगा। औसत एक परिवार के चार सदस्य जोड़ें तो कितनी बड़ी आबादी होगी। सोचिए, इस तरह हम चरमरा रहे अपने हेल्थ सिस्टम को कितनी राहत पहुंचाएंगे। सरकारी स्तर पर अनलॉक २.० का मॉडल दोबारा अमल में लाना अच्छा विचार हो सकता है। इसके तहत बाकी गतिविधियों को सीमित करते हुए अर्थव्यवस्था का पहिया चलाने के लिए आर्थिक दृष्टि से जरूरी गतिविधियों को सख्त गाइडलाइंस के साथ जारी रखा जा सकता है। कोरोना की चेन तोड़ने के लिए अधिक–से–अधिक लोगों का टीकाकरण करना होगा। इसके लिए टीकाकरण की रफ्तार को बढ़ाकर हर महीने में कम–से–कम १० करोड़ टीके लगाने का लक्ष्य रखना होगा। एक मई से देश के सभी वयस्कों को वैक्सीन लगाने का फैसला इस लIय की ओर तेजी से बढ़ने में मदद करेगा, हालांकि सप्लाई पर दबाव का सवाल भी उठेगा। खुले बाजार में टीके की बिक्री पर भी सरकार को कड़ी नजर रखनी होगी। इससे कालाबाजारी के साथ ही वैक्सीन की बड़ी खेप के अस्पतालों के चोर दरवाजों से निकल कर खुले बाजार में स्वार्थी तत्वों के हाथों में जाने का अंदेशा है।।। सौ बात की एक बात यह है कि कोरोना के खिलाफ लड़ाई किसी एक व्यक्ति, एक संस्था या किसी एक सरकार

की नहीं है। यह एक सामूहिक लड़ाई है और सामूहिक जवाबदेही लेकर ही इसे जीता जा सकता है। जरूरी यह है कि मदद के लिए जगी हर आस को वक्त पर भरोसे की सांस मिलती रहे। अगर प्रधानमंत्री नरेन्द्र मोदी की 'जहां हैं, वहीं रहें' वाली अपील पर देश की जनता अनुशासन दिखाती है, तो इससे कोरोना से लड़ाई का पूरा कलेवर बदल सकता है। इतना ही क्यों, सबसे बड़ा सहयोग तो हम यह कर सकते हैं कि जब जरूरी हो तभी घर से निकलें ताकि कोरोना की चपेट में ही न आएं। हम बीमार नहीं पड़ेंगे, तो हमारा परिवार भी सुरक्षित रहेगा। औसत एक परिवार के चार सदस्य जोड़ें तो कितनी बड़ी आबादी होगी। सोचिए, इस तरह हम चरमरा रहे अपने हेल्थ सिस्टम को कितनी राहत पहुंचाएंगे। सरकारी स्तर पर अनलॉक २.० का मॉडल दोबारा अमल में लाना अच्छा विचार हो सकता है। इसके तहत बाकी गतिविधियों को सीमित करते हुए अर्थव्यवस्था का पहिया चलाने के लिए आर्थिक दृष्टि से जरूरी गतिविधियों को सख्त गाइडलाइंस के साथ जारी रखा जा सकता है। कोरोना की चेन तोड़ने के लिए अधिक–से–अधिक लोगों का टीकाकरण करना होगा। इसके लिए टीकाकरण की रफ्तार को बढ़ाकर हर महीने में कम–से–कम १० करोड़ टीके लगाने का लक्ष्य रखना होगा। एक मई से देश के सभी वयस्कों को वैक्सीन लगाने का फैसला इस लक्ष्य की ओर तेजी से बढ़ने में मदद करेगा।

तालाबंदी और टीकाकरण की नई नीति

देश की राजधानी दिल्ली में लॉकडाउन लागू करना पड़ा है। इसके अलावा महाराष्ट्र, उप्र, राजस्थान, पंजाब, हरियाणा, मध्यप्रदेश, छत्तीसगढ़, बिहार, उत्तराखंड, गुजरात आदि राज्यों में भी लॉकडाउन है अथवा नाइट कर्फ्यू जारी है। शब्दावली भिन्न हो सकती है, लेकिन कोरोना वायरस के बेकाबू संक्रमण के कारण तालाबंदी और घरबंदी ही एकमात्र विकल्प शेष रह गया था, जिससे संक्रमण की कड़ी टूट सकती है। हालांकि दिल्ली में लॉकडाउन अगले सोमवार, 26 अप्रैल की सुबह 5 बजे तक ही है, लेकिन आम आदमी आशंकित है कि इसे भी पिछले लॉकडाउन की तरह बढ़ाया जा सकता है। प्रवासी मजदूर और कामगार ज्यादा खौफजदा हैं, लिहाजा उनमें पलायन शुरू हो गया है। हालांकि ऐसे छोटे लॉकडाउन पिछले साल की राष्ट्रीय तालाबंदी से बेहतर हैं, क्योंकि वह केंद्रीकृत घोषणा थी और बेहद कठोर, आक्रामक थी। अब नीति और आपदा प्रबंधन का नया मॉडल सामने आ रहा है कि राज्य सरकारें ही संक्रमण के स्थानीय हालात के मद्देनजर फैसला ले सकती हैं और तालाबंदी का विकल्प चुन सकती हैं। एक तरह की पूर्ण तालाबंदी महाराष्ट्र और दिल्ली में ही करनी पड़ी है, फिर भी बहुत कुछ खुला है। आर्थिक गतिविधियों पर पूर्णविराम चस्पा नहीं किया गया है। केंद्रीय वित्त मंत्री निर्मला सीतारमन ने औद्योगिक वर्ग को संबोधित करते हुए पूरे देश को आश्वस्त किया है कि अब राष्ट्रीय लॉकडाउन नहीं लगाया जाएगा। इस बीच प्रधानमंत्री मोदी ने, देश के बड़े डॉक्टरों और दवा कंपनियों के प्रतिनिधियों से संवाद करने के बाद, एक बेहद महत्त्वपूर्ण निर्णय लिया है कि अब देश का प्रत्येक वयस्क, 18 साल और अधिक की उम्रवाला, कोरोना टीका लगवाने का पात्र होगा। अब 50 फीसदी टीके केंद्र सरकार, तो 50 फीसदी टीके राज्य सरकारें, निजी अस्पताल और खुला बाज़ार, सीधे कंपनियों से ही, खरीद सकेंगे। विदेश से भी टीका खरीदने के प्रावधान किए जा रहे हैं। टीका कंपनियां अपना उत्पादन बढ़ा सकें, लिहाजा सीरम को 3000 करोड़ और भारत बायोटैक को 1567 करोड़ रुपए के अग्रिम भुगतान भारत सरकार कर रही है। अब राज्य सरकारें ही तय करेंगी कि वे अपने

नागरिकों को मुफ्त में टीका लगाना चाहती हैं अथवा टीके की एक निश्चित कीमत वसूल करना चाहती हैं। राज्य सरकारें और निजी क्षेत्र टीका कंपनियों के साथ अलग-अलग अनुबंधों पर हस्ताक्षर करेंगे। यह वाकई संघीय ढांचे और विकेंद्रीकरण का उदाहरण होगा। बहरहाल तालाबंदी से आम आदमी की गतिविधियां काफी कम हो जाएंगी, लिहाजा संक्रमण फैलने की संभावनाएं भी कम हो सकती हैं। इससे जो स्वास्थ्य ढांचा फिलहाल तनाव और दबाव में माना जा रहा है और ध्वस्त होने के कगार पर भी है, उसे कुछ राहत मिल सकती है। ऑक्सीजन, बिस्तर, वेंटिलेटर और दवाओं से जुड़ी विसंगतियों को दुरुस्त किया जा सकेगा और आम नागरिक के इलाज हासिल करने के मौलिक अधिकार, अनुच्छेद 21 के तहत, की रक्षा की जा सकेगी। तालाबंदी और टीकाकरण की नई नीति से कमोबेश यह उम्मीद जरूर की जानी चाहिए। फिलहाल हम यह अपेक्षा नहीं कर सकते कि स्वास्थ्य ढांचे और व्यवस्था के मद्देनजर भारत भी रातोंरात अमरीका और यूरोपीय देशों की होड़ करने लगेगा। अलबत्ता कोरोना संक्रमण की महामारी के दौरान अभी तक जो भयावह और अमानवीय दृश्य हमें देखने पड़े हैं, कमोबेश उनमें सुधार होगा। यदि अब भी हम सुधर और सचेत नहीं हो पाए, तो फिर हमें 'नालायक देशों' की जमात में खड़ा होना पड़ेगा और विश्व स्तर के तमाम दावे एकदम छोडऩे पड़ेंगे। खुद दावे बंद नहीं करेंगे, तो दुनियावी ताकतें और हालात ऐसा करने को विवश कर देंगे। तालाबंदी और टीकाकरण का विस्तार दोनों ही स्थितियां एक साथ हमें मिली हैं।

प्रख्यात चिकित्सकों और वैज्ञानिकों का साररूप में मानना है कि सिर्फ टीकाकरण ही मौजूदा संक्रमण से हमें बचा सकता है। कोई निश्चित दवा और इलाज उपलब्ध नहीं है, अलग-अलग शोध सामने आ रहे हैं, लेकिन टीकाकरण पर कमोबेश सभी सहमत हैं कि इससे इनसान को गंभीर संक्रमण और अंतत: मौत से बचाया जा सकता है। लिहाजा टीकाकरण की गति पर तालाबंदी की पाबंदियों की विपरीत छाया नहीं पडऩी चाहिए, इस मुद्दे पर राजनीति भी नहीं होनी चाहिए, दलगत दोषारोपण से कुछ भी हासिल नहीं होगा। जितनी जल्दी हो सके, इतनी व्यापक और विशाल आबादी के हमारे देश के अधिकतम नागरिकों को टीका लगाया जाए, ताकि हम संक्रमण की आने वाली स्थितियों से बच सकें और मौजूदा कडिय़ों को तोड़ सकें।

सियासत के चूल्हे पर कोरोना की हांडी

भाजपा के वरिष्ठ नेता शांता कुमार वही कह रहे हैं, जो देश के अधिकांश नागरिक कह रहे हैं, फिर भी सियासत के चूल्हे ठंडे नहीं हो रहे। शांता कुमार ने आस्था और राजनीतिक भीड़ के साथ-साथ सामाजिक महफिलों पर प्रश्न उठाते हुए ऐसी तमाम गतिविधियों पर अंकुश लगाने की मांग की है। यह मांग प्रदेश और देश में भाजपा सरकारों से ही है। विडंबना यह रही कि दोनों सरकारों की व्यस्तता में चुनावी श्रृंखला को बरकरार रखने की जद्दोजहद में आम जनता भी मतदाता से ऊपर दिखाई नहीं देती। कोविड खतरे के सामने चुनावी जीत का परचम हर बार अपने रंग में रंगने के उतावलेपन में सरकारें यह कौन सा संघर्ष कर रही हैं कि जीवन के रंग फीके नजर आ रहे हैं। पश्चिम बंगाल में चुनाव का दूसरा छोर हर चरण में लंबा हो रहा है और नेताओं का जलसा भी कम जोशीला नहीं। रैलियों की प्रतिस्पर्धा में कौन किसे हरा रहा है या रोड शो के फ्रेम में कौन बेहतर हो रहा है, इससे हट कर देखें तो पिछले साल के मुकाबले देश की स्थिति कोरोना से मुकाबला करने में कहीं पिछड़ गई है। हर दिन के आंकड़ों में कितने भारत चीखते हैं, यह सुनने के बावजूद अगर केंद्रीय सरकार केवल दो मई के इंतजार में चुनावी संगीत सुनना चाहती है, तो यह भौंडा प्रदर्शन ही होगा। स्थानीय निकाय चुनावों में लगभग पूरा देश चला है। घर से मतदान केंद्र तक पहुंचे समाज को बेशक चुनाव परिणाम मिल गए या प्रदेश में जश्न मनाती सियासत ने अपने लिए चिकनी चुपड़ी बातें चुन लीं, लेकिन जिन घरों में जिंदगी के दीप बुझ रहे हैं उनकी फेहरिस्त में लोेकतांत्रिक जीत के कितने मायने बचे होेंगे, यह भी तो जान लें। यहां शांता कुमार भी अपनी अंगुली से चस्पां मतदान की सियाही से ही सवाल पूछ रहे हैं और यही हाल हम सभी मतदाताओं का भी है। पश्चिम बंगाल में तीव्रता से बढ़ते कोरोना के मरीजों के हाथों में भी मतदान की सियाही तब कम कुपित नहीं होगी, जब राजनीतिक सत्ता के लिए कोई न कोई व्यक्ति कोरोना के कारण मौत का शिकार बनेगा। इस दौरान देश के सामने लज्जा के दो बड़े सवाल पैदा हो रहे हैं। पश्चिम बंगाल के आठ चरणों के चुनाव में राजनीतिक श्लाघा का पक्ष और विपक्ष दोनों ही दोषी

हैं और ऐसे में मतदान की अपील भी कम घातक नहीं है। दूसरे पवित्र गंगा की दुहाई में आस्था का वीभत्स स्वरूप और क्या होगा। ये दोनों ही कम शर्मनाक मंजर नहीं और इसी के साथ हिमाचल की हालिया शेखियां भी कम लज्जाजनक नहीं, जब छोटे-बड़े हर मंच पर तू तू-मैं मैं की सियासत में दोनों ही दल खुद को मापते रहे हैं। देश को चुनाव के जरिए चलाने की वर्तमान होड़ में सत्ता का यह दौर भयावह है। देश की सूचनाओं में कोरोना का कहर अगर मीडिया के लिए भी एक छोटी सी जगह है, तो देश की बड़ी जगह को बर्बाद होने से कौन रोक सकता है। कोरोना काल ने देश की फितरत में सत्ता और सत्ता की फितरत में समाज को देखा है। इस दौरान भारत की भूख और भूखे भारतीयों की तादाद का अंदाजा न महाकुंभ और न ही चुनावी रैलियों का जोश लगा रहा है। पलायन के महाकुंभ में जो मजदूर कोरोना चरण एक में रहे, वही अब अपनी नाउम्मीदी से फटे पांव घर लौट रहे हैं। जिनकी नौकरियां छीनी गईं या मासिक पगार की कतरब्यौंत हो गई, उनके नाम पर तो राजनीति को एक भी मुद्दा नहीं सूझा। ओ दीदी, ओ दीदी के नारों में प. बंगाल चुनाव के सबूत राजनीतिक दरियादिली का मंजर भले ही चमका दें, लेकिन कोरोना से यह कैसी साझेदार जो देश की प्राथमिकता को महज चुनाव बना रही है। ऐसे में महाकुंभ की आस्था भी कहीं राजनेताओं से ही प्रोत्साहित तो नहीं। बिना मास्क और बिना दो गज दूरी के जो चुनावी रैलियां हो रही हैं, उनके लिए देश के सिद्धांत हैं क्या। शांता कुमार ने फिर साहस करके अपनी ही सरकारों को आड़े हाथ लिया है। विडंबना यह कि अब शांता कुमार सरीखे नेताओं को उनका अपना संगठन सुनना नहीं चाहता और यह भी कि चुनाव आयोग मात्र सत्ता की रसीद बन गया है। देश की प्राथमिकताओं में लोगों ने रोजगार, परिवार और व्यापार खोया। बच्चों ने अपने भविष्य के सपने गिरवी रख दिए और असमंजस के बीच समाज हर दिन सरकारों के आदेश पर कभी नाइट कर्फ्यू, कभी वीकेंड लॉकडाउन या तमाम बंदिशों के बीच खुद को एक प्रदर्शनी के मानिंद सजा रहा है, लेकिन दूसरी ओर चुनावों को सिर पर चढ़ाकर नेताओं का अति निर्लज्ज व्यवहार हमारे लिए फिर से कोरोना विस्फोट लिख रहा है।

जीने की ख्वाहिश और मौत का खौफ !!

प्रख्यात मेडिकल शोध-पत्रिका 'द लैंसेट' ने एक विश्लेषण प्रकाशित किया है, जिसका निष्कर्ष है कि कोविड-19 का संक्रमण हवा के जरिए तेजी से फैलता है और दूर तक संक्रमित कर सकता है। बूंदों (डॉपलेट्स) से उतनी तेजी से संक्रमण नहीं फैलता। उस थ्योरी को खारिज कर दिया गया है। 'लैंसेट' का विश्लेषण ब्रिटेन, कनाडा और अमरीका के छह विशेषज्ञों ने किया है। ऐसा ही शोधात्मक अध्ययन जुलाई, 2020 में 200 से अधिक विशेषज्ञ वैज्ञानिकों ने विश्व स्वास्थ्य संगठन को लिखकर भेजा था कि कोरोना संक्रमण हवा से भी फैलता है। सांस लेने और छोड़ने के जरिए वायरस एक से दूसरे मानव-शरीर में प्रवेश करते हैं। संक्रमण हवा से नहीं फैलता, इस थ्योरी के पक्ष में ठोस सबूत नहीं हैं। बहरहाल हालिया विश्लेषण में दावा किया गया है कि ऐसे संक्रमण के ठोस सबूत उपलब्ध हैं। 'लैंसेट' में भारत में व्यापक रूप से फैल रहे कोरोना संक्रमण की बुनियादी वजह भी हवा बताई गई है। रपट में कहा गया है कि 10 से ज्यादा लोग एक स्थान पर लंबी देर के लिए इकट्ठा न हों। यानी मेले, रैलियां, चुनाव, बंद कमरों में बसने की मजबूरी आदि ऐसे बुनियादी कारण हैं, जो संक्रमण फैला रहे हैं। रपट में चेतावनी दी गई है कि कमोबेश 2 महीने तक भीड़ और जमावड़ों से एहतियात बरतें। जिन इलाकों में संक्रमण के ज्यादा मामले सामने आ रहे हैं, उन पर ही कड़ी बंदिशें लगाई जाएं।

पूर्ण लॉकडाउन की जरूरत नहीं है। 'द लैंसेट' की रपट प्रकाशित होने के बाद प्रमुख चिकित्सकों और वैज्ञानिकों की टिप्पणियों का सार यह है कि भारत में कोरोना संक्रमण की मौजूदा लहर अभी लंबी चलेगी। इसका ढलान कब शुरू होगा, फिलहाल अनुमान लगाना असंभव-सा है, लेकिन संक्रमण की तीसरी लहर भी आएगी और इतनी ही भयावह हो सकती है। फिलहाल भारत में संक्रमित मरीजों की संख्या 2.60 लाख से ज्यादा और मौतें करीब 1500 हो चुकी हैं। मौतें सितंबर, 2020 के पिछले 'चरम' से भी बेहद ज्यादा हैं, लेकिन विशेषज्ञ चिकित्सकों का मानना है कि ये आंकड़े 14 दिन

पहले के संक्रमण के हैं, लिहाजा नई संक्रमित संख्या इससे काफी अधिक है। गंगाराम अस्पताल के वरिष्ठ डॉक्टर एम. वली का मानना है कि रोज़ाना संक्रमण के आंकड़े 3 लाख ही नहीं, बल्कि 4 लाख को भी पार कर सकते हैं। आने वाले दिनों में हररोज़ मौतों की संख्या 2500 से अधिक होगी। 'लैंसेट' रपट के एक और भाग में खुलासा किया गया है कि कोरोना संक्रमण नवजात शिशुओं को भी घेर रहा है। इसका विश्लेषण हम अलग से करेंगे, लेकिन यह बेहद गंभीर मुद्दा बनकर सामने आया है। इन हालात में किसी भी देश का स्वास्थ्य ढांचा और व्यवस्थाएं ध्वस्त हो सकती हैं। हालांकि भारत में कहीं-कहीं व्यवस्था चरमरा जरूर रही है। फोर्टिस अस्पताल के निदेशक डा. कौशल कांत के मुताबिक, देश भर के 284 कोविड अस्पतालों, केयर सेंटर्स और क्वारंटीन केंद्रों में कोविड के कुल बिस्तर 20 लाख से भी कम हैं। उनमें से करीब 5 लाख आईसीयू बेड हैं। बेशक होटलों और अन्य स्थानों को अस्पतालों से जोड़ लें, लेकिन बुनियादी सवाल है कि क्या देश की करीब 139 करोड़ आबादी के लिए बिस्तरों की यह संख्या पर्याप्त है? यह नहीं हो सकता, लिहाजा आम आदमी बीमारी और महामारी में तड़प-तड़प कर मर रहा है। राजधानी दिल्ली के सबसे बड़े सरकारी अस्पताल में एक ही बिस्तर पर कोविड के दो मरीज लिटाने की विवशता है।

किसे पता था कि कोरोना जैसा दानव दुनियां के लोगों की हंसती-खेलती ज़िंदगी में एक तूफान सा पैदा कर देगा। क्या ख़बर थी कि यह महामारी लाखों लोगों को मौत का ग्रास बना लेगी। किसी को भी आभास नहीं था कि दुनिया के सारे कारोबार ठप्प हो जाएंगे, बेरोजगारी फैलेगी, आर्थिकी प्रभावित होगी तथा मनुष्य अपनी चारदीवारी तक सीमित होकर अपने भाग्य को कोसने पर मजबूर होगा। एक बार फिर से इस महामारी ने भयंकर रूप धारण कर लिया है। कई देशों की व्यवस्थाएं बदल गई हैं। लगभग एक महीने से भारत में भी इस संक्रमण से भयंकर स्थिति हो गई है। देश की कई राज्य सरकारों ने तीव्र गति से फैलते संक्रमण तथा मृत्यु दर में वृद्धि होने के कारण फिर से लॉकडाउन, नाइट कर्फ्यू तथा कई प्रकार की बंदिशें लगानी शुरू कर दी हैं। बच्चे, युवा, अधेड़ तथा बुजुर्ग सभी परेशान हैं। मास्क के पहरे ने चेहरे की खुशियां छीन ली हैं। एक ओर जीने की ख्वाहिश, दूसरी तरफ मौत का खौफ, बहुत ही भयानक मंज़र है। इस भयंकर स्थिति से मनुष्य का जीवन पूरी तरह से परिवर्तित होता नजर आ रहा है। लोगों में मानसिक, शारीरिक तथा मनोवैज्ञानिक बदलाव आने शुरू हो गए हैं।

जीवन की परेशानियां, काम-धंधे की चिंता, बच्चों का भविष्य, बैंक लोन की देनदारी, व्यक्ति पर मानसिक दबाव डाल रही हैं। जन्म संस्कार, कथा, भागवत, विवाह, सेवानिवृत्ति, तीज-त्योहारों, मेलों तथा पर्वों की खुशियों को ग्रहण लग चुका है। भजन, कीर्तन, जागरण, सांस्कृतिक आयोजन, सामूहिक भोज, कथा-व्रत, उद्यापन, तीर्थ यात्रा, सब कुछ बंद हो गया है। मृत्युपरांत होने वाले शोक आयोजन, क्रिया-कर्म तथा शोक संतप्त परिवार को ढाढस बंधाने के लिए भी सामाजिक रूप से पहरा है। किसी को सांत्वना देने के लिए भी सोचना पड़ता है। अपना-अपना सुख-दुख है। जीवन के संबंधों की गर्माहट अब शीतल पड़ चुकी है। शिक्षण संस्थानों में लगभग ताला लगने जैसे हालात हैं। शिक्षक और विद्यार्थी ऑनलाइन शिक्षण पर मजबूर हो चुके हैं। कक्षा तथा पाठशाला के वातावरण का आनंद अब सपने जैसा हो चुका है। एक समय था जब विद्यार्थी के पास मोबाइल मिलने पर उसके माता-पिता को पाठशाला में बुलाकर स्कूल प्रशासन अनुशासनात्मक कार्रवाई करता था। आज मोबाइल विद्यार्थी, शिक्षक तथा शिक्षा नीति निर्धारकों के लिए वरदान साबित हो चुका है।

ऑनलाइन शिक्षण के लिए आर्थिक मजबूरी के कारण जो मोबाइल नहीं खरीद सकते थे, उन्होंने भी एंड्रॉयड मोबाइल खरीद कर बच्चों को भेंट कर दिए। जो बच्चे दुनिया को अपनी साफ नज़रों से देख सकते थे उनकी दुनिया केवल मोबाइल स्क्रीन तक सीमित हो चुकी है। मोबाइल का अधिक प्रयोग भविष्य में बच्चों को मानसिक, मनोवैज्ञानिक, शारीरिक रूप से प्रभावित कर सकता है। अपनी शिक्षा को पूर्ण कर व्यावसायिक जीवन में भविष्य तलाश रहे युवा भी कम परेशान नहीं हैं। संगठित एवं असंगठित क्षेत्रों में नौकरियां लगभग समाप्त हो चुकी हैं। लोगों के रोज़गार छिन गए हैं। देश-विदेश से घर वापस आ चुके युवा मानसिक तथा आर्थिक दबाव में सुखद भविष्य के लिए चिंतित रहते हैं। युवा-बच्चों के दुख तथा परेशानी में उनके माता-पिता कहां सुख-चैन से रह सकते हैं? उन पर भी बच्चों की पढ़ाई, नौकरी तथा शादी-विवाह की चिंता का दबाव है। छोटा-मोटा कारोबार, उद्योग-धंधा, दुकानदारी, रेहड़ी-फड़ी मजदूरी करने वाला धंधे की मंदी से परेशान है। व्यापारी को ग्राहक नहीं मिल रहा। ग्राहक के पास पैसे नहीं हैं। शादी-विवाह, धर्म-कर्म, उत्सव, मेले, त्यौहार सब बंद हैं। विशेष अवसरों पर खरीद-फरोख्त होती है। जब खास मौका ही नहीं तो क्यों कोई खरीदेगा? वैसे भी ऑनलाइन शॉपिंग से कोई भी अपनी मनपसंद वस्तु मंगवा सकता है। मोबाइल पर वस्तु पसंद कर सकते हैं। घर के दरवाजे पर सामान पहुंच जाता है। पेमेंट मोबाइल ऐप से हो जाती है। वस्तु अगर पसंद न

आए तो वापस भी हो जाती है। दुकानदार अपनी दुकान पर बैठा ग्राहक का इंतजार करता रहता है। दुकान का किराया तथा कई प्रकार के टैक्स, बैंक लोन इत्यादि उसे मानसिक रूप से परेशान करते हैं। ट्रांसपोर्टर, बस मालिक, कारोबारी तथा विभिन्न काम-धंधे के लिए कर्ज लेने वाले व्यवसाय न चलने से बैंकों के भारी-भरकम ऋण पर ब्याज से परेशान हैं। पेट्रोल, डीजल तथा गैस की बढ़ती कीमतों ने आम आदमी के जीवन में आग लगा दी है।

बिजली-पानी तथा अन्य सुविधाएं महंगी हो चुकी हैं। घर-मकान, दुकान तथा संस्थान में कारोबार के लिए ऋण लेने वालों को बैंकों की देनदारियों ने परेशान किया है। सबको आनंद एवं खुशियां देने वाला कलाकार इस समय आर्थिक संकट से जूझ रहा है। जो व्यक्ति स्वयं कष्ट या परेशानी में होगा, वो औरों के चेहरे पर गीत गाकर कैसे हंसी-खुशी ला सकता है? भजन, कीर्तन, जागरण, सांस्कृतिक कार्यक्रम बंद हैं। बैंड-बाजा, ऑर्केस्ट्रा, सज्जा-सजावट, लाइट-टेंट, झांकियां, साउंड, पंडित, नाई, बोटिए, हलवाई, डीजे, छोटा-मोटा कारोबार करने वाले सब कोरोना की बंदिशों से बेहाल हैं। मंदिरों के बाहर प्रसाद, हलवा, फूल-पत्ती, पूजा का सामान, मूर्तियां तथा अन्य सामग्री कोई नहीं खरीदता। मेलों में झूले, सर्कस, टिक्की-चाट, टी-स्टाल, सौंदर्य प्रसाधन, कपड़े, बर्तन, ग्रॉसरी, गुलदस्ते, गुब्बारे तथा खिलौने बेचने वाले बेमौत भूखे मरने पर विवश हैं। दंगलों में कुश्तियां करने वाले पहलवानों को दांव-पेच दिखाकर पैसा नहीं मिल रहा। किसान पशुओं के आतंक तथा भयंकर सूखे की स्थिति से निराश हो चुका है। इस साल वर्षा न होने के कारण फसलें बर्बाद हो चुकी हैं। ट्रैक्टर की बुवाई, बीज, खाद तथा मजदूरी बहुत महंगी हो चुकी है। किसान को अपने निवेश की भरपाई भी नहीं हो रही। गांवों में लोगों ने पशु पालने लगभग बंद कर दिए हैं। घास कोई खरीदता नहीं है। वर्तमान स्थिति में सभी को अपना मानसिक, मनोवैज्ञानिक, संवेगात्मक, आर्थिक तथा सामाजिक संतुलन बनाए रखने की आवश्यकता है। आशा की जा सकती है कि मनुष्य का वर्तमान कष्ट शीघ्र समाप्त होगा तथा फिर से दुनिया में सुख-शांति एवं खुशियों का वातावरण होगा।

संगठनों की भरमार फिर भी पीड़ित हैं पत्रकार

पत्र- पत्रिकाओं में सदा से ही समाज को प्रभावित करने की क्षमता रही है। समाज में जो हुआ, जो हो रहा है, जो होगा, और जो होना चाहिए यानी जिस परिवर्तन की जरूरत है, इन सब पर पत्रकार को नजर रखनी होती है। आज समाज में पत्रकारिता का महत्व काफी बढ़ गया है। इसलिए उसके सामाजिक और व्यावसायिक उत्तरदायित्व भी बढ़ गए हैं। पत्रकारिता का उद्देश्य सच्ची घटनाओं पर प्रकाश डालना है, वास्तविकताओं को सामने लाना है। इसके बावजूद यह आशा की जाती है कि वह इस तरह काम करे कि 'बहुजन हिताय' की भावना सिद्ध हो।

महात्मा गांधी के अनुसार, 'पत्रकारिता के तीन उद्देश्य हैं- पहला जनता की इच्छाओं, विचारों को समझना और उन्हें व्यक्त करना है। दूसरा उद्देश्य जनता में वांछनीय भावनाएं जागृत करना और तीसरा उद्देश्य सार्वजनिक दोषों को नष्ट करना है। गांधी जी ने पत्रकारिता के जो उद्देश्य बताए हैं, उन पर गौर करें तो प्रतीत होता है कि पत्रकारिता का वही काम है जो किसी समाज सुधारक का हो सकता है।

पत्रकारिता नई जानकारी देता है, लेकिन इतने से संतुष्ट नहीं होता वह घटनाओं, नई बातों नई जानकारियों की व्याख्या करने का प्रयास भी करता है। घटनाओं का कारण, प्रतिक्रियाएं, उनकी अच्छाई बुराइयों की विवेचना भी करता है।

पूर्व राष्ट्रपति शंकरदयाल शर्मा के अनुसार, पत्रकारिता पेशा नहीं, यह जनसेवा का माध्यम है। लोकतांत्रिक परम्पराओ की रक्षा करने शांति और भाईचारे की भावना बढ़ाने में इसकी भूमिका है।

समाज के विस्तृत क्षेत्र के संदर्भ में पत्रकारिता के निम्नलिखित उद्देश्य व दायित्व बताये जा सकते है-

. नई जानकारियां उपलब्ध कराना

. सामाजिक जनमत को अभिव्यक्ति देना

. समाज को उचित दिषा निर्देश देना

. स्वस्थ मनोरंजन की सामग्री देना

. सामाजिक कुरीतियों को मिटाने की दिशा में प्रभावी कदम उठाना

. धार्मिक सांस्कृतिक पक्षों का निष्पक्ष विवेचन करना

. सामान्यजन को उनके अधिकार समझाना

. कृषि जगत व उद्योग जगत की उपलब्धियां जनता के सामने लाना

. सरकारी नीतियों का विश्लेषण और प्रसारण

. स्वास्थ्य जगत के प्रति लोगों को सतर्क करना

. सर्वधर्म समभाव को पुष्ट करना

. संकटकालीन स्थितियों में राष्ट्र का मनोबल बढ़ाना

. वसुधैव कुटुम्बकम की भावना का प्रसार करना

समाज में मानव मूल्यों की स्थापना के साथ जन जीवन को विकासोन्मुख बनाना पत्रकारिता का दायित्व है। पत्रकारिता के सामाजिक और व्यवसायिक उत्तरदायित्व के अनेकानेक आयाम हैं। अपने इन उत्तरदात्वि का निर्वाह करने के लिए पत्रकार का एक हाथ हमेशा समाज की नब्ज पर होता है।

उत्तरप्रदेशमेंपत्रकारोंपरलगातारमामलेदर्ज

सिर्फ़ अभी नहीं, बल्कि पिछले काफ़ी वक़्त से पत्रकार इस तरह के मामले अपने ऊपर झेल रहे हैं। ख़ासकर, उत्तर प्रदेश में पत्रकारों के ख़िलाफ़ एफ़आईआर के कई मामले सामने आए।

वहां पिछले डेढ़ साल में कम से कम 15 पत्रकारों के ख़िलाफ़ ख़बर लिखने के मामलों में मुक़दमे दर्ज कराए गए हैं। आखिर गली गली में चल रहे पत्रकारों के संगठनों का औचित्य क्या है ? सामाजिक संस्था की आड़ में ये कथित पत्रकार हित की बात करने वाले संगठन करते क्या हैं ? ये पृथक मुद्दा है।

31 अगस्त 2019 को मिर्ज़ापुर में पंकज जायसवाल के ख़िलाफ़ एफ़आईआर दर्ज कराई गई। पंकज जायसवाल ने सरकारी स्कूल में व्याप्त अनियमितता और मिड डे मील में बच्चों को नमक रोटी खिलाए जाने से संबंधित ख़बर छापी थी। काफ़ी हंगामा होने के बाद पंकज जायसवाल का नाम एफ़आईआर से हटा दिया गया और उन्हें इस मामले में क्लीन चिट दे दी गई।

इस घटना का दिलचस्प पहलू ज़िले के कलेक्टर का वह बयान था जिसमें उन्होंने कहा था कि 'प्रिंट मीडिया का पत्रकार वीडियो कैसे बना सकता है?' इस मामले में प्रेस काउंसिल ऑफ़ इंडिया को हस्तक्षेप करना पड़ा था।

जैसे 16 सितंबर, 2020 को सीतापुर में रवींद्र सक्सेना ने क्वारंटीन सेंटर पर बदइंतज़ामी की ख़बर लिखी। उन पर सरकारी काम में बाधा डालने, आपदा प्रबन्धन के अलावा एससी/एसटी ऐक्ट की धाराओं के तहत मुक़दमा दर्ज कर दिया गया।

आज़मगढ़ के एक स्कूल में छात्रों से झाड़ू लगाने की घटना को रिपोर्ट करने वाले छह पत्रकारों के ख़िलाफ़ 10 सितंबर, 2019 को एफ़आईआर हुई। पत्रकार संतोष जायसवाल के ख़िलाफ़ सरकारी काम में बाधा डालने और रंगदारी मांगने संबंधी आरोप दर्ज किये गए।

बिजनौर में दबंगों के डर से वाल्मीकि परिवार के पलायन करने संबंधी ख़बर के मामले में सात सितंबर, 2020 को पांच पत्रकारों के ख़िलाफ़ एफ़आईआर दर्ज हुई।

पिछले साल फरवरी में उत्तर प्रदेश के ग़ाज़ीपुर ज़िले में पदयात्रा निकाल रहे दस लोगों को गिरफ़्तार कर जेल भेज दिया गया था जिसमें पत्रकार प्रदीपिका सारस्वत भी शामिल थी। तब पुलिस ने कहा कि उन लोगों के पास कुछ ऐसे दस्तावेज़ मिले थे जिनसे माहौल ख़राब होने की आशंका थी लेकिन इसे लेकर और कोई जानकारी नहीं दी थी। मजिस्ट्रेट ने ज़मानत के लिए ढाई लाख के बॉन्ड भरना तय किया।

पिछले साल जून में एक न्यूज़ वेबसाइट स्क्रॉल की कार्यकारी संपादक सुप्रिया शर्मा और वेबसाइट की मुख्य संपादक के ख़िलाफ़ वाराणसी पुलिस ने एक महिला की शिकायत पर एससी-एसटी एक्ट में एफ़आईआर दर्ज की थी।

इससे कुछ समय पहले ही वरिष्ठ पत्रकार और संपादक सिद्धार्थ वरदराजन के ख़िलाफ़ भी उत्तर प्रदेश के अयोध्या में दो एफ़आईआर दर्ज की गई थीं।

उन पर आरोप थे कि उन्होंने लॉकडाउन के बावजूद अयोध्या में होने वाले एक कार्यक्रम में यूपी के मुख्यमंत्री योगी आदित्यनाथ के शामिल होने संबंधी बात छापकर अफ़वाह फैलाई।

हालांकि 'द वायर' ने जवाब में कहा है कि इस कार्यक्रम में मुख्यमंत्री का जाना सार्वजनिक रिकॉर्ड और जानकारी का विषय है, इसलिए अफ़वाह फैलाने जैसी बात यहां लागू ही नहीं होती।

पुलिसऔरप्रक्रिया

कई मामलों में पुलिस पर भी ये आरोप लगे कि उन्होंने गिरफ़्तारी के लिए प्रक्रिया का पालन नहीं किया।

हाथरस की घटना कवर करने आए केरल के पत्रकार सिद्दीक़ कप्पन को जब उत्तर प्रदेश पुलिस ने गिरफ्तार किया तो 24 घंटे तक उनके परिवार या क़रीबी को नहीं बताया गया कि उन्हें कहां रखा गया है।

केरल यूनियन ऑफ वर्किंग जर्नलिस्ट्स ने सुप्रीम कोर्ट में याचिका भी डाली ताकि उनके बारे में पता चल सके। याचिका में कहा गया था कि उन्हें सुप्रीम कोर्ट की गाइडलाइन्स का उल्लंघन करते हुए हिरासत में लिया गया है।

सिंघु बॉर्डर से गिरफ़्तार किए गए पत्रकार मनदीप पुनिया के बारे में भी पुलिस ने कई घंटों तक उनके परिवार को जानकारी नहीं दी। उनकी पत्नी का कहना है कि उन्हें 16 घंटे बाद उनकी ख़बर मिल पाई।

मनदीप के साथी पत्रकारों और उनके वकील का दावा है कि उन्हें बिना किसी वकील के ही मजिस्ट्रेट के सामने पेश कर दिया गया।

पत्रकारोंपरराजद्रोहऔरयूएपीए

हाल ही में द फ्रंटियर मणिपुर के दो एडिटर्स और एक रिपोर्टर पर देशद्रोह और यूएपीए का मामला दर्ज किया गया।

पुलिस का कहना था कि लेख लिखने वाले ने मणिपुर के लोगों को सच्चा क्रांतिकारी बनने के लिए उकसाया है।

पत्रकारों के संगठन एडिटर्स गिल्ड ऑफ इंडिया ने भी उनकी रिहाई की मांग की।

संगठन का कहना था, "एडिटर्स गिल्ड का मानना है कि पुलिस मौलिक अधिकारों और आज़ादी की सुरक्षा पर सुप्रीम कोर्ट के कई फ़ैसलों को लेकर जागरूक नहीं है और इसलिए कोई मीडिया संस्थान इन क़ानूनों के अतार्किक इस्तेमाल से सुरक्षित नहीं है। ये पहली बार नहीं है जब प्रशासन ने पत्रकारों और संपादकों पर राजद्रोह और यूएपीए जैसे कड़े क़ानूनों का इस्तेमाल किया है।

भारतमेंप्रेसफ्रीडम

पेरिस स्थित अंतरराष्ट्रीय स्वतंत्र संस्था 'रिपोर्टर्स विदाउट बॉर्डर्स' हर साल 180 देशों की प्रेस फ्रीडम रैंक जारी करती है।

इस इंडेक्स में भारत की रैंक लगातार गिरती जा रही है. 2017 में 136वें स्थान के बाद 2020 में भारत 180 देशों में 142वें नंबर पर है।

संस्था ने भारत को लेकर कहा था कि साल 2020 में लगातार प्रेस की आज़ादी का उल्लंघन हुआ, पत्रकारों पर पुलिस की हिंसा, राजनीतिक कार्यकर्ताओं का हमला और आपराधिक गुटों या भ्रष्ट स्थानीय अधिकारियों ने बदले की कार्रवाई की।

इस पर सूचना व प्रसारण मंत्री प्रकाश जावड़ेकर ने ट्वीट भी किया था कि 'भारत में मीडिया को पूरी स्वतंत्रता है। आज नहीं तो कल हम भारत की प्रेस स्वतंत्रता की ग़लत छवि बनाने वाले सभी सर्वे को एक्सपोज़ करेंगे।'

आतंकवादी हैं ये माओवादी...

यह प्रश्न निरंतर बना हुआ है कि आखिर कुछ हजार की संख्या वाले हिंसोन्माद से ग्रस्त ये माओवादी कब तक हिंसा की ज्वाला धधकाते रहेंगे? एक बार फिर नक्सलियों की रणनीति बीस साबित हुई। घात लगाकर हमला करने की शैली एक बार फिर कारगर रही। छत्तीसगढ़ में बीजापुर-सुकमा सीमा तेलंगाना से सटा क्षेत्र है। वहां खुफिया सूचना के आधार पर ही सुरक्षा बलों का ऑपरेशन शुरू किया गया था, लेकिन हमारे 24 जवानों को शहादत देनी पड़ी, 31 जवान घायल हैं और अस्पतालों में उपचाराधीन हैं। एक जवान यह आलेख लिखे जाने तक लापता बताया गया है। वह कोबरा बटालियन का राकेश्वर सिंह बताया गया है। घायलों में कुछ की स्थिति गंभीर मानी गई है, लिहाजा ज़िंदगी और मौत का संघर्ष बेहद तकलीफदेह लगता है। एक बार फिर सवाल उठने लगे हैं कि नक्सली मोर्चे पर भी संयुक्त कमान का गठन क्यों नहीं किया जाना चाहिए? सेना को भी एक भूमिका देनी चाहिए? क्यों न संयुक्त कमान के तहत सुरक्षा बलों और जवानों को एक-सा प्रशिक्षण दिया जाए? यदि स्थानीय पुलिस को भी शामिल करना है, तो उन्हें अपग्रेड और गुरिल्ला प्रशिक्षण भी दिया जाए। हमारी पुलिस नक्सलियों से लड़ने में बिल्कुल अक्षम है। यह महज आरोप या आलोचना नहीं है। युद्ध नक्सलवाद से है और बीते 50 साल के टकरावों के बाद हमारी आंखें खुलनी चाहिए कि घात लगाकर किए गए हमलों का पलटवार क्या होना चाहिए।

जवानों की संख्या भी कम नहीं थी। उनकी 10 टीमें बनाई गई थीं। सीआरपीएफ, एसटीएफ, डीआरजी, कोबरा बटालियन और अकेली बीजापुर पुलिस के 1000 जवानों को ऑपरेशन के साथ जोड़ा गया था। इन सभी बलों के प्रशिक्षण अलग-अलग हैं, लिहाजा आपसी समन्वय पर भी सवाल उठाए जा रहे हैं। मुठभेड़ में घायल हुए एक जवान का कथन मीडिया में छपा है कि नक्सली 400 से ज्यादा थे। हम जंगल में घुसते गए, लेकिन वहां कोई नहीं था। जैसे ही हमने लौटना शुरू किया, तो तीन तरफ से

नक्सलियों ने हमला कर दिया। हम घिर चुके थे, लिहाजा जो भी फैसला लेना पड़ा, वह तुरंत लेना पड़ा। नक्सलियों ने विस्फोट किए, ग्रेनेड फेंके, रॉकेट लॉन्चर इस्तेमाल किए गए, गोलियों की बौछार की गई और अंततः जवान शहीद हुए। हमले के दौरान घायल जवानों ने उजड़ी, खाली झोंपड़ियों में छिपकर मोर्चा लेने की कोशिश की, लेकिन नाकाम रहे और नक्सलियों के जाल में फंसते चले गए। हालांकि 15-20 नक्सलियों के मारे जाने और करीब 20 के घायल होने की भी ख़बर है। कुछ अफसरों ने 25-30 नक्सली मारे जाने का दावा किया है। बहरहाल हम कई बार सुन चुके हैं कि शहीदों का बलिदान व्यर्थ नहीं जाएगा। अब यह बयान देना बंद करना चाहिए, क्योंकि नक्सली मोर्चा भी जंग का ही एक मोर्चा है। जिन घरों का चिराग बुझता है, जहां सन्नाटा और खालीपन पसर जाता है, उन्हें अपने नौजवानों की ज़िंदगी का एहसास है। नक्सली रणनीति बदलें। बेशक देश के करीब 150 जिलों में फैला नक्सलवाद आज 20-25 जिलों तक ही सिमट गया है, लेकिन छत्तीसगढ़ के जंगल नक्सलियों के मुख्यालय बने हैं। यहां से तेलंगाना और ओडिशा के जंगलों में घुसा जा सकता है। अलबत्ता कुछ राज्यों ने नक्सलवाद का खात्मा किया है। सरकार नक्सल-विरोधी रणनीतियां तय करती रही है, लेकिन आज भी कुछ ऐसा है, जो छिद्रदार और गलत है। हमारी खुफिया सूचनाएं और रणनीति भी नक्सली मोर्चेबंदी की तुलना में कमतर साबित होती रही हैं। सवाल है कि एक भी शहादत क्यों हो? लेकिन इस बार बहुत कुछ घटा है। नक्सलियों ने शहीदों के जूते और कपड़े तक उतार लिए। नक्सलियों ने जवानों से सात एके-47, दो इंसास राइफल्स, एक एलएमजी आदि लूट लिए। जांच यह भी होनी चाहिए कि नक्सलियों को अत्याधुनिक अस्त्र-शस्त्र कौन सप्लाई कर रहा है? जहां घात लगाकर हमला किया गया, वह नक्सली कमांडर हिडमा के प्रभाव वाला इलाका है। उस पर 25 लाख रुपए का इनाम घोषित है। मुठभेड़ को अंजाम देने वाले सुरक्षा बलों को हिडमा की मौजूदगी की ख़बर भी दी गई थी, लेकिन नाकामी हाथ लगी। बहरहाल गृहमंत्री अमित शाह छत्तीसगढ़ गए हैं और नक्सली हमले के मद्देनजर समीक्षा बैठक भी ली है। श्रद्धांजलियां दी गई हैं, शहीदों को सलामी दी गई है। अपनी जगह सब ठीक है, लेकिन बदली रणनीति के तहत कोई पलटवार होगा, तो देश को सुकून मिलेगा। अब समय आ गया है जब हमारे आपके जैसे शांति समर्थक आगे आकर सच्चाइयों को सामने रखें। अविकास, अल्पविकास, असमानता, वंचितों, वनवासियों का शोषण आदि समस्याओं से कोई इनकार नहीं कर सकता, लेकिन इसका दूसरा पक्ष भी है। केंद्र और राज्य ऐसे अनेक कल्याणकारी कार्यक्रम चला रहे हैं, जो धरातल तक पहुंचे हैं।

उदाहरण के लिए प्रधानमंत्री आवास योजना के तहत बनाए जा रहे और बने हुए आवास, स्वच्छता अभियान के तहत निर्मित शौचालय, ज्योति योजनाओं के तहत बिजली की पहुंच, सड़क योजनाओं के तहत दूरस्थ गांवों व क्षेत्रों को जोड़ने वाली सड़कों का लगातार विस्तार, किसानों के खाते में हर वर्ष ६००० भुगतान, वृद्धावस्था व विधवा आदि पेंशन, पशुपालन के लिए सब्सिडी जैसे प्रोत्साहन, आयुष्मान भारत के तहत स्वास्थ्य सेवा, कई प्रकार की इंश्योरेंस व पेंशन योजनाएं को साकार होते कोई भी देख सकता है। हर व्यक्ति की पहुंच तक सस्ता राशन उपलब्ध है। कोई नहीं कहता कि स्थिति शत–प्रतिशत बदल गई है, लेकिन बदलाव हुआ है, स्थिति बेहतर होने की संभावनाएं पहले से ज्यादा मजबूत हुई हैं तथा पहाड़ों, जंगलों पर रहने वालों को भी इसका अहसास हो रहा है। ॥ इसमें जो भी इनका हित चिंतक होगा वो इनको झूठ तथ्यों व गलत तर्कों से भड़का कर हिंसा की ओर मोड़ेगा, उसके लिए विचारों की खुराक उत्पन्न कराएगा, संसाधनों की व्यवस्था करेगा या फिर जो भी सरकारी, गैर सरकारी कार्यक्रम हैं, वे सही तरीके से उन तक पहुंचे, उनके जीवन में सुखद बदलाव आए इसके लिए काम करेगा? साफ है माओवादियों के थिंक टैंक और जानबूझकर भारत में अशांति और अस्थिरता फैलाने का विचार खुराक देने वाले तथा इन सबके लिए संसाधनों की व्यवस्था में लगे लोगों पर चारों तरफ से चोट करने की जरूरत है। निश्चित रूप से इस मार्ग की बाधाएं हमारी राजनीति है। तो यह प्रश्न भी विचारणीय है कि आखिर ऐसे लोगों के खिलाफ कार्रवाई में राजनीतिक एकता कैसे कायम हो?

उफ़! गर्मी की दस्तक.....

इसे कुदरत का खेल कहें या जलवायु परिवर्तन की चुनौती कि ठंड खत्म होते-होते तेज गर्मी ने दस्तक दे दी। मौसम की यह तल्खी आम लोगों की चिंताएं बढ़ाने वाली है। यूं तो मौसम के चक्र में बदलाव आना प्रकृति का सामान्य नियम है, लेकिन उसकी तीव्रता मुश्किलें बढ़ाने वाली होती है। होली के दौरान मौसम में आया अचानक बदलाव ऐसी ही असहजता पैदा कर गया। होली वाले दिन देश की राजधानी में पारे का 76 साल का रिकॉर्ड तोड़ना वाकई हैरान करने वाला रहा। चौंकाने वाली बात यह रही कि यह तापमान औसत तापमान से आठ डिग्री अधिक रहा, जिसे 40.1 डिग्री सेल्सियस मापा गया। दरअसल, मौसम में धीरे-धीरे होने वाला बदलाव इतना नहीं अखरता, जितना कि अचानक बढ़ने वाला तापमान अखरता है, जो कि स्वास्थ्य की दृष्टि से भी हानिकारक साबित हो सकता है। तापमान में आई इस तेजी के साथ ही दिल्ली में धूलभरी आंधी ने लोगों की मुश्किलें भी बढ़ायी। बहरहाल, तापमान में आई यह तेजी इस बात का संकेत भी माना जा सकता है कि आने वाले महीनों में मौसम की तल्खी का लोगों को सामना करना पड़ सकता है। यह लोगों में एक सवाल भी पैदा कर रहा है कि मई-जून में क्या स्थिति होगी। स्वाभाविक रूप से मार्च में तापमान का चालीस डिग्री से ऊपर चला जाना चिंता का सबब है। दरअसल, मौसम में आया यह बदलाव कम-ज्यादा पूरे देश में महसूस किया जा रहा है। राजस्थान, ओडिशा, गुजरात तथा हरियाणा आदि राज्यों के कुछ इलाकों में गर्मी की तपिश ज्यादा महसूस की जा रही है, जो कमोबेश असामान्य स्थिति की ओर इशारा करती है। इसे तकनीकी भाषा में लू के करीब माना जा सकता है। निस्संदेह मार्च के माह में ऐसी स्थिति स्वाभाविक ही चिंता का विषय है। कोरोना संकट से जूझ रहे देश में तापमान में आया अप्रत्याशित बदलाव कई तरह की स्वास्थ्य संबंधी मुश्किलें बढ़ा सकता है। फिर मौसम के बदलाव के साथ होने वाली बीमारियों के फैलने की आशंका बनी रहती है। ऐसे में सरकारों और आम लोगों के स्तर पर मौसम की तल्खी से निपटने के लिये पर्याप्त तैयारियां करनी होंगी। ग्लोबल वार्मिंग के चलते पूरी दुनिया में

मौसम के मिजाज में जिस तेजी से बदलाव आ रहा है, उसकी चुनौती से मुकाबले के लिये हमें तैयार रहना होगा। शारीरिक रूप से भी और मानसिक रूप से भी। दरअसल, मानव जीवन में पिछले कुछ दशकों में जो कृत्रिमता आई है उसने मौसम में बदलाव को मुश्किल के रूप में देखा है। आम तौर पर हमारी जीवन शैली जितनी प्रकृति के करीब होगी, उसमें आने वाले बदलावों को हम उतनी सहजता के साथ स्वीकार कर सकेंगे। विडंबना यह है कि मौसम की तल्खी के साथ पूरी दुनिया में बाजार जुड़ गया है, जो मौसम के बदलाव को भयावह रूप में प्रस्तुत करके कारोबार करता है। कहीं न कहीं मीडिया का भी दोष है जो मौसम की तल्खी को एक बड़ी खबर के रूप में पेश करता है, जिससे आम लोगों में कई तरह की चिंताएं पैदा हो जाती हैं। दरअसल, हमें मौसम के बदलाव के साथ जीना सीखना चाहिए। मौसम के तल्ख बदलाव जहां सरकारों को विकास योजनाओं को पर्यावरण के अनुकूल बनाने हेतु विचार करने का मौका देते हैं, वहीं आम लोगों को भी चेताते हैं कि पर्यावरण रक्षा का संकल्प लें। प्रकृति के साथ सदियों पुराना सद्भाव हमें मौसम की तल्खी से बचा सकता है। साथ ही हमें हमारे पुरखों से हासिल मौसम की तल्खी से निपटने के उपायों पर गौर करना होगा। खान-पान की प्रकृति का भी ध्यान रखना होगा। हमें अपनी खाद्य शृंखला में भी मौसम की चुनौती का मुकाबला करने वाले आहार-व्यवहार को शामिल करना होगा। यानी मौसम में आ रहे बदलावों को एक सत्य मानकर उसी के अनुरूप अपना जीवन ढालने की जरूरत है। इस दिशा में चिकित्सकों और वैज्ञानिकों को बेहतर काम करके मानवता की रक्षा का संकल्प लेना होगा। साथ ही पूरी दुनिया में जलवायु परिवर्तन के संकटों को देखते हुए सरकार व नागरिक स्तर पर रचनात्मक पहल करनी होगी।

बेमानी लगने लगे "दवाई भी, कड़ाई भी"

चिकित्सकों का साफ मत सामने आया कि कोविड-19 के संक्रमण और उसके विस्तार पर लगाम कसनी है, तो चुनावी रैलियों पर रोक लगानी होगी। भीड़ भरे बाज़ारों को नियमित करना होगा। ऋषिकेश-हरिद्वार के ताज होटल में 82 संक्रमित मरीज सामने आए हैं, लिहाजा होटल बंद करना पड़ा है। न जाने संक्रमण कहां-कहां तक पहुंच गया होगा! कुंभ आस्थाओं, दैवीय स्नान और रस्मो-रिवाज़ का आध्यात्मिक आयोजन है, लेकिन मास्क और दो गज की दूरी के कोविड प्रोटोकॉल वहां भी लागू किए जा सकते हैं। कोई आध्यात्मिक चमत्कार कोरोना से नहीं बचा सकता, बेशक व्यक्ति किसी भी मुग़ालते में रहे। डॉक्टर यहां तक कहते रहे कि संक्रमण की मार और उसके प्रवाह को रोकने में प्रधानमंत्री मोदी ही सबसे अग्रिम पहल कर सकते हैं। उन्होंने विश्व और राष्ट्रीय स्तर की कई बैठकों और सम्मेलनों को 'वर्चुअल' आधार पर संबोधित किया है। उनका महत्त्व भी कमतर नहीं आंका जा सकता। चुनावी जनसभाओं, कुछ को छोड़ कर, को भी इसी तरह संबोधित किया जा सकता है। पांच राज्यों में चुनाव 30 अप्रैल तक चलेंगे। फिर दो मई को जनादेश और उसके बाद की गहमागहमी...! हरेक मौका भीड़वाला होगा। दरअसल सबसे ज्यादा चिंता वोट की है, वोट ही प्रिय है, क्योंकि उसी से सत्ता जुड़ी है। यदि प्रधानमंत्री ऐसी पहल करना व्यावहारिक नहीं मानते, तो कमोबेश कोरोना वायरस के संदर्भ में राष्ट्रीय अपील और आह्वान करना ही छोड़ दें-दवाई भी, कड़ाई भी। मास्क पहनना और दो गज की दूरी बहुत जरूरी..!! अब ये बेमानी लगने लगे हैं, क्योंकि अधिकांश जनता इन प्रोटोकॉल का महत्त्व ही नहीं जानती। उसे कोविड-19 के संक्रमण के कारणों की भी सम्यक जानकारी नहीं है, क्योंकि आम आदमी ने इस वैश्विक महामारी पर प्रख्यात वैज्ञानिकों, चिकित्सकों और शोधार्थियों के निरंतर अध्ययन और आकलन को पढ़ा-सुना ही नहीं है। जिंदगी ने इतनी मोहलत और वक्त भी उसे नहीं दिया है। बीमारी, लॉकडाउन, बेरोजगारी, गरीबी, भूख, अवसाद और मौत ने आम आदमी को

तोड़ दिया है। अस्पतालों में जीवन-दान नहीं है। वे क्रूर और निर्दयी हैं। आदमी 'भेड़-बकरी' की तरह है। मौत के आंकड़े गिने जा रहे हैं। यदि यह विद्रूप सच जानना है, तो प्रधानमंत्री अपना स्वरूप बदल कर छापे मारें। वैसे करीब 50 साल के सार्वजनिक जीवन में रहने के बाद प्रधानमंत्री यह 'काला सच' जरूर जानते होंगे! फिर भी हमारा आग्रह है। बहरहाल मौजूदा संदर्भ में भी डॉक्टरों ने चेताया है कि कोविड की छोटी-बड़ी लहरें 2021 में ही नहीं, बल्कि 2022-23 के सालों में भी कहर बरपाती रहेंगी। महामारी की लहर कभी तेज होकर बढ़ेगी, तो कभी कम होकर शांत होने का आभास कराएगी। यह कोरोना वायरस की नैसर्गिक प्रक्रिया है। हालांकि प्रख्यात अंतरराष्ट्रीय उद्योगपति एवं सामाजिक उत्थान के लिए सक्रिय बिल गेट्स ने किन्हीं रपटों के आधार पर आकलन पेश किया है कि 2022 के अंत तक कोविड-19 की स्थिति का सही मूल्यांकन किया जा सकेगा, लेकिन हमारे पेशेवर, अनुभवी डॉक्टरों का व्यावहारिक निष्कर्ष है कि कोविड हमारी जिंदगी के साथ रहेगा। एक समय और सीमा के बाद हम कोरोना वायरस को भी 'मौसमी बुखार' या 'इनफ्लूएंजा' आदि करार देने लगेंगे। पुरानी महामारियों की तरह कोरोना की भयावहता भी कम होती जाएगी। इलाज बाज़ार में 'मुक्त' होगा। टीकाकरण हो चुका होगा अथवा अभियान जारी रहेगा, लेकिन अब यह वायरस अपने अलग-अलग प्रकारों के साथ मौजूद रहेगा। संक्रमण के जो आंकड़े हररोज़ सामने आ रहे हैं, वे 50 फीसदी से ज्यादा उस हद को छू चुके हैं, जब बीती सितंबर में देश ने एक ही दिन में 97,000 संक्रमित मरीज दर्ज किए थे। सक्रिय मरीज 10 लाख को पार कर चुके थे। अब 6 लाख तक पहुंचने की नौबत तो आ चुकी है। बेशक अभी मौतों की दर बीते अनुपात में कम है, लेकिन अभी तक इसकी थाह नहीं मिल पाई है कि आखिर महाराष्ट्र में इतना खौफनाक मंजर क्यों है? टीके की 6 करोड़ से ज्यादा खुराकें दी जा चुकी हैं। यह कोई 'राम-बाण' नहीं है, एक संजीवनी-सी औषधि है। उसे ग्रहण करने तक तो संक्रमण का आंकड़ा दो करोड़ को भी छू सकता है!

होली रुठ गई.....

मुट्ठी भर रंग-मिट्टी न हो जाए, रंगीन ख्वाबों पर-कोई परत चढ़ न जाए! लोकतंत्र में भारत का बेहतरीन रंग, भले ही छलके, यूं ही सत्ता में बहक न जाए। इस बार फिर होली वक्त के तालों और बदलते परिदृश्य की मासूमियत में तथा फिर कहीं जश्न को गुनहगार होने की सजा। अब रंग कहीं ऊपर से आते हैं या ऊपर से गिरते हैं। पहले जमीन से मांगे जाते थे, किसान की पैदावार से निकलते थे। क्या इस बार की होली इसलिए रूठ गई कि कहीं खेत अब रंग उगाना भूल गया या किसान की उदासी में वे तमाम फूल अपने रंगों का ऋंगार छोड़ रहे हैं, जो कभी मिट्टी की पलकें खुलते ही मुस्कराना जानते थे। देश के हालात कई तरह से संबोधित हैं और कहीं या जब कहीं जरूरत है तो यही रंग कहीं ऊपर से टपकाए जाते हैं। बढ़ते कोरोना संक्रमण के हालात और ठोस हिदायतों के पहरे में होली अपने होने का सबूत कहां ढूंढे, क्योंकि सामाजिक दूरी के पैगाम में कहीं पारंपरिक त्योहार के मुकाबले राजनीतिक उत्सव जीत रहे हैं।अब रंग का मुकाबला विवाद से है। विवाद में हर तरह के रंग हैं। समाज, धर्म, जाति, राजनीति और सत्ता के रंग की होली को क्या गुलाल-क्या रंगोली। कोरोना मामलों में भले ही अधिकांश राज्यों की होली हार जाए, लेकिन हर दिन की सौगात में रंग उड़ रहे हैं। किसी का रंग, किसी को बदरंग कर रहा है। ऐसे में कौन जाने देश की सबसे बड़ी होली पश्चिम बंगाल में हो जाए। यह कीचड़ की होली है जो पांच राज्यों के चुनाव में न जाने लट्ठ मार परंपरा से किसे-किसे घायल कर दे, लेकिन बिहार विधानसभा हो या देश का अन्य परिसर, हम संविधान से खेलते मंजर में ऐसे रंगों से भयभीत हैं। भयभीत हैं कि कल कोई अतीत में खेली गई होली को ही फिर से अपने रंग की नुमाइश में खड़ा न कर दे। किसे मालूम हमारी व्यवस्था किस अभिप्राय की होली खेलना शुरू कर दे। अब तो होली का आंगन नहीं, गली है। लोग अपने कारणों से या अकारण भटक रहे हैं। जिन मुट्ठियों में रंग का खजाना भरा होता था, अब वही समाज के भीतर बारूद से भरी हैं। बारूद कभी होली नहीं हो सकता, लेकिन रंग भी तो यूं बिखर नहीं सकता। रंग अब एक पैकेज है, किसी खुली बोरी में उसे बिकना पसंद नहीं। इसलिए

भारतीय लोकतंत्र का खुला माहौल, अब कहीं छोटे-छोटे पैकेटों में बंद है। प्रजा को राजा से जुड़ने के लिए होली कभी मायूस नहीं थी, लेकिन अब राजा और प्रजा के बीच होली एक पैकेज है। यह पांच साल की होली है, जो आज भारत की सारी वसंत को पश्चिम बंगाल में छिड़कना चाहती है, तो कल फिर किसी चुनाव में लौट आएगी। कौन जानता है भारत के वित्त मंत्री की मुट्ठी में कितने रंग हैं। भले ही पिछले साल से इस वर्ष की होली तक रंगों के इंतजार में जनता अपने-अपने पैबंदों में जीने का रंग ढूंढ रही है, लेकिन वे तमाम गलियां आज भी बदरंग हैं। पिछली होली की चिट्ठियां अभी नहीं लौटीं और इधर इस बार के मजमून पुनः गुनहगार मान लिए गए। पिछली होली में नौकरी जाने से जिनके चेहरे का रंग उड़ा था, त्योहार का वह मंजर लौटा नहीं। फिर स्कूल-कालेज की घंटियों पर उदासी का रंग उभर आया, फिर फाल्गुन-चैत्र महीने से छीने जा रहे हैं रंग। उदास घर का आंगन, चूल्हा और चरखा। कहीं आधा गीत सुनाकर लौट गए ढोलरू गायक शायद बख्शीश में मिले चावलों को सूखी हल्दी से रंग कर होली मना रहे होंगे। थक गए बढ़ई के औजार और सूत कातती दादी इस इंतजार में कि कोई होली के रंग में उसकी चादर पर फिर से इंद्रधनुष बना दे। मजदूर से रूठी दिहाड़ी और यात्री से रूठी गाड़ी के सामने उस जलती होली का क्या कसूर, जिसे इस बार पेट्रोल की बढ़ती हुई कीमतें जला रही हैं। इस त्योहार में फिर कहीं लोकतंत्र को विश्वास है कि होली आएगी। उसे आशा है कि राजनीतिक रंग कभी तो नीचे उतर आएंगे। चुनावी पोस्टरों में जाया रंग कितना पक्का होगा या होली के लिए देश अपनी ही सियासत से छीन कर जब जमीन पर पटकेगा, तो धरती की होली पर फिर से रंग दिखेंगे। हैरानी यह कि जिन्हें हमने राजा बनाया वे आज रंग में हैं, लेकिन उनकी मुट्ठी में भरे रंग बिखर रहे हैं। लोकतंत्र हमें रंगों की बिसात से हटा कर अपने-अपने रंग में जीने की उम्मीद से भर दे, तो फिर से होली आएगी। हमारे भीतर की होली- चरित्र व आचरण की होली।

भारतीय लोकतंत्र भी जींस में.....

सुबह उठा ही था कि बाहर लोकतंत्र टहलता हुआ मिल गया। फटी हुई जींस पहने उसके घुटने दिखाई दे रहे थे। जींस ने घुटनों में छेद कर दिए थे, इसलिए घिसट रहा था। ताज्जुब हुआ भारतीय लोकतंत्र भी जींस में। कहां तो पहले धोती पहने चलता था। सिर पर गांधी टोपी होती थी। चरखे से निकली खादी पहनता था, लेकिन अब यह हालत देखी नहीं जाती। मैंने उसकी फटी जिंस पर बुरी नजर डालने की कोशिश की ताकि किसी की बुरी नजर न लगे। शरमाते हुए लोकतंत्र ने मुझसे आंखें चुराते हुए कहा, 'जब से जींस फटी है, तब से वह इसी पसोपेश में है कि कहीं उत्तराखंड के नए मुख्यमंत्री तीरथ सिंह रावत की मुझ पर नजर न पड़ जाए। दरअसल मैं धोती उतारना नहीं चाहता था, लेकिन देश अमरीका की तरह दिखे, इसलिए कपड़े बदलता रहा। आपको शायद मालूम नहीं कि जब भारतीय प्रधानमंत्री के पक्ष में अंतरराष्ट्रीय नारे लगते हैं, तो मेरा भी दिल करता है कि उनकी तरह दिखाई दूं। इसी चक्कर में मुझे अब यह पता नहीं चलता कि किस वक्त क्या पहनूं। आजकल एक साथ पांच राज्यों के चुनाव और मेरे पास यही एक जींस, वरना मैं भी वोकल फॉर लोकल हो जाता।' मैंने कंगना रनौत की 'रिप्ड जींस' देखी थी, इसलिए दावे के साथ कह सकता हूं कि हमारा लोकतंत्र इतना भी फैशनेबल नहीं कि उसकी सोहबत में कुछ सीख रहा हो। मैंने कोशिश करके कंगना से पूछा कि उसकी और लोकतंत्र की जींस में इतना अंतर क्यों, जबकि दोनों एक जैसी दिखाई देती हैं। कंगना तपाक से बोली तो मुझे एहसास हुआ कि अचानक मेरी रगों में राष्ट्रवाद का तेज करंट दौड़ गया है। कंगना बोली, 'लोकतंत्र की जींस में वर्षों से कांग्रेस के सारे घोटाले चस्पां हैं। लोकतंत्र को सही ढंग से चलाना सिखाया होता, तो न धोती उतरती और न ही जींस फटती।' लोकतंत्र के अपने तर्क थे, लेकिन कंगना के आगे वह भी अपने घुटने टेक रहा था। अंततः कोशिश करके बोला, 'धोती तो महात्मा गांधी की हत्या के बाद उनकी पार्थिव देह को ढांपने में चली गई। हर बार मैं धोती पहनता था, मगर कोई न कोई नत्थू राम गोडसे मुझे गांधी समझ कर पुनः मारने की फिराक में सामने आता रहा। सच बताऊं जब मध्य प्रदेश में

कमलनाथ की कांग्रेस सरकार गिर रही थी, तो मैं धोती पहनने की तैयारी में था कि अचानक साध्वी प्रज्ञा ठाकुर की देशभक्ति का ख्याल आते ही जींस पहने रखी। ऐसे अवसर कई बार आए, लेकिन मुझे कभी दंगों ने दौड़ाया, तो कभी गौ रक्षा अभियान के कारण दौड़ना पड़ा। हर बार मैं और देश जब-जब एक साथ दौड़ने लगे, धोती हमेशा कांटों में फंसती रही। अब तो मुझे सदन में अपनी टोपी उछलने का कोई मलाल नहीं होता, लेकिन भय यह है कि जनप्रतिनिधियों के बीच कहीं धोती का चीरहरण न हो जाए। मैंने इसीलिए जींस पहनी है। यह पूरी तरह मजबूत थी, लेकिन कभी दल-बदलुओं, कभी राजनीतिक गठबंधनों या कभी सत्ता के दलालों ने इसे भी रगड़-रगड़ कर फाड़ दिया।' लोकतंत्र मेरे जैसे नागरिक से अपना भला चाहता था, इसलिए मैंने किसानी से फटे हुए अपने हाथ उसके घुटनों को ढांपने के लिए रख दिए। लोकतंत्र के घुटनों से बहता हुआ खून मेरी हथेली के सूख चुके घाव पर जम रहा था। तब से हम दोनों जिंदा रहने की कोशिश में सिर्फ अपने-अपने रक्त की बूंदों को बचाने की कोशिश में लगे हैं।

"ताल" "हड़ताल" की....

कोरोना संकट से चरमराती अर्थव्यवस्था के बीच दो दिन की हड़ताल के साथ लगातार पांच दिन सरकारी बैंकों में कामकाज बंद रहना देश की आर्थिकी और उपभोक्ता हितों के नजरिये से कतई तार्किक नहीं है। मोदी सरकार ने बजट सत्र के दौरान ही संकेत दे दिया था कि देश में इस साल दो सरकारी बैंकों और एक जनरल इंश्योरेंस कंपनी का निजीकरण किया जायेगा। अत: देश के लाखों बैंक कर्मचारियों में भय का वातावरण पैदा होना स्वाभाविक था, जिसके चलते सोमवार-मंगलवार को देश के बड़े बैंक कर्मचारी संगठन 'यूनाइटेड फोरम ऑफ बैंक यूनियन' ने हड़ताल का आह्वान किया था। इसमें नौ बैंकों के अधिकारी व कर्मचारी संगठनों के करीब दस लाख कर्मचारियों ने भाग लिया। दरअसल, सरकार ने यह तो कहा है कि दो बैंकों का निजीकरण किया जायेगा, लेकिन यह स्पष्ट नहीं किया कि किन दो बैंकों का होगा। सो सभी कर्मचारी नौकरी पर लटकती तलवार से आशंकित हैं। वे यह भी जानते हैं कि यदि कर्मचारियों के स्तर पर विरोध नहीं हुआ तो बैंकों के निजीकरण की प्रक्रिया में तेजी आ सकती है। दरअसल, पहले ही आईडीबीआई के निजीकरण की प्रक्रिया चल रही है और इसमें बड़ी अंशधारक एलआईसी अपनी हिस्सेदारी बेचने की बात पहले ही कह चुकी है। एक समाचार एजेंसी की रिपोर्ट के अनुसार बैंक ऑफ महाराष्ट्र, बैंक ऑफ इंडिया, इंडियन ओवरसीज बैंक और सेंट्रल बैंक ऑफ इंडिया में से किन्हीं दो बैंकों का निजीकरण हो सकता है, जिससे स्वाभाविक रूप से इन बैंकों के एक लाख तीस हजार कर्मचारियों में बेचैनी होना स्वाभाविक है। अन्य बैंकों के कर्मचारी और अधिकारी भी इनके समर्थन में सड़कों पर उतरे हैं, जिन्होंने सरकार को यह चेताने की कोशिश की है कि बैंकों के निजीकरण की राह उतनी आसान भी नहीं है, जितनी सरकार सोच रही है। आंदोलनकारी इस आंदोलन को लंबा खींचने के मूड में नजर आ रहे हैं, जिससे उपभोक्ताओं की मुश्किलें भी बढ़ती दिख रही हैं। दूसरी ओर लगता नहीं कि सरकार की ओर से हड़ताली कर्मचारियों को मनाने की कोई गंभीर कोशिश हुई है। तीन दौर की वार्ताएं जरूर विफल हुई हैं। जब मुद्दे का राजनीतिकरण हुआ और

आंदोलनकारियों के समर्थन में राजनेताओं के ट्वीट आये तब मीडिया के जरिये सरकार की ओर से वित्तमंत्री निर्मला सीतारमण ने अपनी बात कही। राहुल गांधी का कहना था कि सरकार लाभ का निजीकरण और हानि का राष्ट्रीयकरण कर रही है। इस पर निर्मला सीतारमण का कहना था कि यूपीए सरकार ने एक परिवार की भलाई के लिये भ्रष्टाचार का राष्ट्रीयकरण किया और करदाताओं के पैसे का निजीकरण किया। जहां इंदिरा गांधी के समय बैंकों का राष्ट्रीयकरण किया गया, वहीं यूपीए के समय बैंकों में घाटे का राष्ट्रीयकरण हुआ। साथ ही वित्तमंत्री ने कहा कि प्रस्तावित प्रक्रिया में सभी बैंकों का निजीकरण नहीं होगा, जिन बैंकों का होगा उनके कर्मचारियों के हितों की रक्षा की जायेगी। दरअसल, 1991 के आर्थिक सुधारों के बाद से ही कहा जाता रहा है कि सरकार का काम व्यापार करना नहीं है। हाल ही में प्रधानमंत्री नरेंद्र मोदी ने भी इस बात को जोर देकर कहा है जो बताता है कि सरकार निजीकरण के तरफ बढ़ चली है। वहीं पूर्व आरबीआई गवर्नर रघुराम राजन ने निजीकरण के प्रयासों पर संदेह जताते हुए कहा है कि यदि ये बैंक कॉर्पोरेट घरानों को बेचे जाते हैं तो यह एक बड़ी गलती होगी। वहीं विदेशी बैंकों को बेचा जाना राजनीतिक गलती होगी। यदि किसी निजी बैंक का मालिक अपनी कंपनी के लिये ऋण लेता है तो उसे पकड़ने का तंत्र हमारे पास नहीं है। वे सुझाव देते हैं कि बैंकों के बोर्ड में पेशेवर लोग लाएं, उन्हें सीईओ को नियुक्त करने व हटाने का अधिकार हो। तब सरकार का नियंत्रण हटा लिया जाये। वाकई हर बीमारी का समाधान निजीकरण में नहीं है। बहरहाल, सरकार को बैंक कर्मचारियों का विश्वास भी हासिल करना चाहिए। साथ ही बैंकों को भी अपनी कार्यशैली में बदलते वक्त के अनुरूप बदलाव करना होगा।

"हादसा" या सहानुभूति का सैलाब...

राजनीतिक हिंसा भी बंगाल की संस्कृति बन गई है। बंगाल की सनातन और सांस्कृतिक परंपराओं पर यह एक धब्बा है। हिंसा और हत्याओं के संदर्भ में आरोप तृणमूल कांग्रेस और भाजपा पर चस्पा किए जाते रहे हैं। दोनों पक्षों के कार्यकर्ताओं की हत्याएं की जाती रही हैं, लेकिन बीती 10 मार्च को मुख्यमंत्री ममता बनर्जी चोटिल हुई हैं, तो यह हिंसा की पराकाष्ठा है। ममता का आरोप है कि जब वह कार का दरवाजा खोल कर लोगों से संवाद कर रही थीं और अभिवादन का जवाब दे रही थीं, तो उसी दौरान कुछ लोगों ने उन्हें धक्का मारा। कार के दरवाजे में आकर एक पांव का टखना चोटिल हुआ है। वह जगह काफी सूज गई है। टखने में फ्रेक्चर बताया गया है और पूरे पांव पर प्लास्टर चढ़ा है। मुख्यमंत्री ममता बनर्जी की गर्दन, दायें कंधे, कलाई में भी चोट लगी है। सीने में दर्द और सांस लेने में दिक्कत का भी खुलासा डॉक्टरों ने किया है। चुनाव की दृष्टि से देखें, तो ममता बनर्जी का चोटिल होना चुनाव की दिशा और दशा बदल सकता है। ममता धुआंधार चुनाव प्रचार नहीं कर सकेंगी, क्योंकि पांव पर खड़ा होने में उन्हें करीब डेढ़ महीना लग सकता है। यदि ममता चुनाव प्रचार करती हैं, तो उन्हें व्हील चेयर पर ही करना पड़ेगा। यह घायल अवस्था ममता के प्रति 'सहानुभूति का सैलाब' भी साबित हो सकती है। अतीत की कुछ घटनाएं इतिहास में दर्ज हैं, जिन्होंने ममता को कद्दावर नेता बना दिया। 2007 के नंदीग्राम आंदोलन के दौरान उनकी स्थिति मरणासन्न कर दी गई थी, लेकिन उसी आंदोलन ने ममता को मुख्यमंत्री के पद तक पहुंचा दिया। वह ज़मीन अधिग्रहण का बहुत बड़ा मामला था। बंगाल की तत्कालीन वाममोर्चा सरकार करीब 14,000 एकड़ ज़मीन में 'कैमिकल हब' स्थापित करना चाहती थी। आंदोलन में 14 लोग मारे गए थे, लेकिन वाममोर्चा की सत्ता की निरंतरता समाप्त हुई। अब उसी नंदीग्राम में यह हादसा हुआ है अथवा हमला किया गया है। उसी इलाके में ममता लगातार दो दिन सक्रिय रहीं। महादेव शिव के मंदिरों में जाकर पूजा-पाठ किया। उसके बाद अपना नामांकन-पत्र भी दाखिल किया। अच्छा-खासा रोड शो भी आयोजित किया गया। किसी

ने ममता की ओर पत्थर तक नहीं उछाला। हादसे और हमले के मद्देनजर कुछ सवाल हैं। ममता बनर्जी को ज़ेड प्लस सुरक्षा दी गई है। देश के गृह और रक्षा मंत्रियों तथा भाजपा अध्यक्ष जेपी नड्डा की भी वही सुरक्षा-व्यवस्था है। सिर्फ प्रधानमंत्री की एसपीजी सुरक्षा इससे अधिक गहरी, सूक्ष्म और परतदार है। जो तस्वीरें सामने आई हैं, उनमें मुख्यमंत्री के अंगरक्षक और पुलिसकर्मी दोनों ही मौजूद थे। यदि मुख्यमंत्री की घेराबंदी के बावजूद कोई भी भीड़ मुख्यमंत्री को धक्का मार सकती है, तो ऐसी सुरक्षा-व्यवस्था भी सवालिया है। कुछ चश्मदीदों के बयान सुने हैं कि मुख्यमंत्री के काफिले के रास्ते में एक खंभा था और कार का दरवाजा खुला था, लिहाजा संभावना है कि कार का दरवाजा खंभे से टकरा कर वापस आया हो और ममता का पांव चोटिल हुआ हो। यह जांच का विषय बन गया है, क्योंकि विरोधाभासी बयान सामने आ रहे हैं। केंद्र सरकार को, चुनाव आयोग के निर्देश पर, एनआईए या किसी अन्य जांच एजेंसी को दायित्व सौंपना चाहिए, ताकि सच सामने आ सके। इस हादसे या हमले के बाद बंगाल में राजनीतिक घमासान के हालात बनते जा रहे हैं। आगजनी की जा रही है, निरंकुश प्रदर्शन किए जा रहे हैं, तृणमूल और भाजपा के काडर एक-दूसरे के सामने आकर हमलावर होने की कोशिश कर रहे हैं। विपक्ष ने ममता के घायल होने को 'सियासी पाखंड' करार दिया है, तो भाजपा मान रही है कि चुनाव में सहानुभूति बटोरने के लिए ममता ने यह नौटंकी की है। वैसे ममता ऐसी नेता रही हैं कि संसद में भी ड्रामा किया था और स्पीकर की ओर ही काग़जात उछाल दिए थे। बहरहाल ममता अस्पताल में हैं और ऐसी टिप्पणियों से बचना चाहिए। तृणमूल और भाजपा ने चुनाव आयोग के सामने अपने-अपने पक्ष रखे हैं। आयोग को फैसला लेने दें, लेकिन बंगाल के चुनाव में यह तो शुरुआत भर है। हालात और भी बिगड़ेंगे, हिंसक भी होंगे, क्योंकि बंगाल की चुनावी संस्कृति ही बदल चुकी है।

"नरम" स्पर्श की "निगरानी"

जिन सार्वजनिक मंचों पर अराजकता, अश्लीलता, असामाजिकता है, जो अभिव्यक्ति की आज़ादी की आड़ में आपत्तिजनक सामग्री प्रकाशित-प्रसारित करते रहे हैं, जिनसे सर्वोच्च न्यायालय ने नागरिकों की निजता को लेकर गंभीर सवाल किए हैं, जो वाशिंगटन में कैपिटल हिल (अमरीकी संसद भवन) और दिल्ली में लालकिले पर बेलगाम उपद्रव को अलग-अलग ढंग से उकसाते और भड़काते हैं, जो भारतीय संदर्भ में हमें अनावश्यक लगते हैं, उनके मद्देनजर बेहद गंभीर सवाल है कि उन्हें 'मीडिया' का नाम और विशेषण क्यों दिया गया? हालांकि भारतीय संविधान में 'चौथा स्तंभ' का कोई अलग और विशेष प्रावधान नहीं है, लेकिन लोकतंत्र में मीडिया की समानांतर और समान भूमिका है। देश के कानून में उसका दायित्व तय किया गया है। भारतीय अदालतों और प्रेस परिषद के प्रति मीडिया जवाबदेह है और उस पर निरंतर निगरानी भी है। कानून उसे दंडित भी करता रहा है। इतनी गंभीर और जिम्मेदार भूमिका में व्हाट्स एप, फेसबुक, ट्विटर, इंस्टाग्राम आदि मंच कभी नहीं रहे, जिन्हें दुनिया भर में 'सोशल मीडिया' के तौर पर संबोधित किया जाता रहा है। कई देशों की सरकारों और इन मंचों के बीच 'लड़ाई की लकीरें' खिंची हैं, लेकिन निजता, अभिव्यक्ति, नियम, वैयक्तिक स्वतंत्रता और नैतिक संहिता को लेकर इन मंचों की अपनी ही परिभाषाएं हैं। उन्होंने अपने लिए 'सुरक्षित आश्रय' तैयार कर रखे हैं। हमारी सर्वोच्च अदालत ने सोशल मीडिया को लेकर बेहद सख्त टिप्पणी की थी कि बेशक आप कई ट्रिलियन डॉलर की कंपनियां हो सकती हैं, लेकिन हमारे लिए नागरिकों की निजता की रक्षा बेहद महत्त्वपूर्ण है। अदालत ने सोशल मीडिया पर दिशा-निर्देश या कानून बनाने का आग्रह सरकार से भी किया था। इसी संदर्भ में कानून-सूचना प्रौद्योगिकी मंत्री रविशंकर प्रसाद और सूचना-प्रसारण मंत्री प्रकाश जावड़ेकर ने सोशल मीडिया समेत ओटीटी, न्यूज पोर्टल, वेबसाइट्स आदि के लिए गाइडलाइंस और तीन महीने में कानून बनाने की घोषणा की है, तो दुनिया की कुछ बड़ी टेक कंपनियों और भारत सरकार के

बीच रणक्षेत्र बिछ गया है। कुछ भारतीय स्वर भी गूंजने लगे हैं कि सरकार ने मीडिया और अभिव्यक्ति की आज़ादी को 'नियंत्रित' करने की कोशिश की है। सरकार की मंशा बताई जा रही है कि मीडिया महज एक भोंपू की भूमिका में रहे। आलोचक और पूर्वाग्रही समीक्षक होना छोड़ दे। हम इस अवधारणा को ही खंडित करते हैं। अलबत्ता किसी की निजी राय जरूर हो सकती है। बहरहाल क्या संविधान के मुताबिक, भारत सरकार की यह मंशा कारगर साबित हो सकती है? असल खतरा विदेशी कंपनियों से है, जिनके मुख्यालय भारत के बाहर हैं और वे भारतीय कानून की परिधि में भी नहीं आतीं। तो नए दिशा-निर्देशों और कानून का उनके लिए क्या औचित्य होगा? भारत एक बहुत विशाल बाज़ार है और उसकी औसत जनता गरीब होने के बावजूद जिज्ञासु है, लिहाजा देश में व्हाट्स एप के 53 करोड़ से ज्यादा, फेसबुक के करीब 41 करोड़, यूट्यूब के 44.8 करोड़, इंस्टाग्राम के करीब 21 करोड़ और ट्विटर के 1.75 करोड़ यूजर्स हैं। केंद्रीय मंत्री रविशंकर प्रसाद की टिप्पणी सटीक है कि भारत में व्यापार करो और मुनाफा भी कमाओ, लेकिन दोगलापन स्वीकार्य नहीं है। ताज़ातरीन मामला ऐतिहासिक और भारतीय स्वतंत्रता के प्रतीक लालकिले की हिंसा और उपद्रव का है। क्या हिंसात्मक उपद्रव के लिए कथित सोशल मीडिया का दुरुपयोग नहीं किया गया? क्या इन बड़ी कंपनियों ने भड़काने, उकसाने और हिंसा के आह्वानों को मंच नहीं दिया? सवाल तो यही है कि मीडिया की यह नई जमात अराजकता, अव्यवस्था और अश्लीलता आदि को प्रश्रय क्यों देती है? फेसबुक पर अश्लील वीडियो देखे जा सकते हैं। राजनीतिक दुष्प्रचार देखा-पढ़ा जा सकता है। प्रधानमंत्री मोदी के लिए ऐसे उपमान इस्तेमाल किए जाते रहे हैं, जो अनैतिक हैं और कोई भी स्वस्थ लोकतंत्र ऐसी 'जंगली भाषा' नहीं बोल सकता। विरोध की अपनी आचार संहिता और नैतिकता होती है। सोशल मीडिया पर विवाह और जन्म की सालगिरह अथवा मृत्यु की पुण्यतिथि को साझा किया जाता रहा है। उनके लिए किसी मीडिया के मंच पर बधाइयों के अंबार और शोक-संदेश बांटने का अनिवार्य औचित्य क्या है? बेहद कम विषय ऐसे होंगे, जो प्रामाणिक, ज्ञानवर्द्धक और तार्किक कहे जा सकते हैं, लेकिन ये बड़ी कंपनियां हमारी निजता को भी बेचकर करोड़ों के मुनाफे कमा रही हैं। भारत में ओटीटी प्लेटफॉर्म और न्यूज पोर्टल आदि के लिए भी कोई जिम्मेदार संहिता नहीं है। इन पर खूब सीमाएं लांघी गई हैं। आस्थाओं के मज़ाक उड़ाए गए हैं और अभिव्यक्ति की पनाहगाह में छिपते रहे हैं। सर्वोच्च अदालत कह चुकी है कि अभिव्यक्ति की आज़ादी भी असीमित नहीं है। बहरहाल ये दिशा-निर्देश 'नरम स्पर्श की निगरानी' साबित होंगे अथवा निरंकुशता बदस्तूर जारी रहेगी, यह देखना अभी शेष है।

सियासत की सीरत बदल सकती है ये "हवाएं"

पंजाब की सियासी खेती में कांग्रेस की फसल कितनी पकी और कितनी बाकी है, इसका हिसाब पूरे देश में चर्चा का विषय जरूर बनेगा। यह कोरोना काल के राजनीतिक लेन-देन का एक ऐसा परिदृश्य है, जो कल की सूरत में सियासत की सीरत बदल सकता है। पंजाब का शहरी पक्ष भाजपा का विपक्ष क्यों बना, इसे महज कांग्रेस की जीत में समेट कर भी नहीं देखा जा सकता। किसान आंदोलन के आहत पन्नों पर भाजपा की चीख निकल गई, यह भी किसी जनमत संग्रह की तरह सही नहीं ठहराया जा सकता, लेकिन कहीं पंजाब के शहरी वजूद में परंपरागत वोट हासिल करने में पार्टी पिछड़ी जरूर है। अभी पांच बड़े शहरों के चुनाव होने बाकी हैं, फिर भी अब तक के परिणाम का हासिल उत्साह कांग्रेस के साथ खड़ा है। पंजाब की हर खबर हिमाचल के लिए भी सियासी सरहद की तरह पैगाम देती है, लिहाजा आगामी नगर निगम चुनावों की फेहरिस्त में इम्तिहान बढ़ जाता है। प्रदेश के प्रमुख विपक्षी दल कांग्रेस के लिए यह परिणाम कितने साहस भरे होते हैं या अब तक आए स्थानीय निकाय चुनाव परिणामों की गंगा में पार्टी कितनी धुल चुकी है, यह अगले दौर का अमृत हो सकता है या राजनीतिक जहर उतारने का अवसर देगा। कहना न होगा कि पंजाब में शून्यता के नगर में पहुंची भाजपा, हिमाचल में अपनी सफलता का झंडा गाड़ते हुए धर्मशाला मंथन की हरियाली पर खड़ी है। मिशन रिपीट में 'ग्राम सभा से पहुंचेंगे विधानसभा' के नारे में दम भरने के लिए राष्ट्रीय अध्यक्ष जगत प्रकाश नड्डा का कद्दावर चेहरा, भाजपा के अभियान को गति देने के लिए अपने चमत्कार की कसौटी पर रहेगा। देश किसान आंदोलन के जरिए जनांदोलन की मिट्टी बटोर रहा है और इस तरह मुद्दों की नई जमीन पर आक्रोश की लहरें तो मध्यम वर्ग की सूखती जेब से निकल रही हैं। डीजल-पेट्रोल के उछलते दाम और रसोईर् गैस की भयानक मुद्रा ने मध्यम वर्ग को उद्वेलित किया है। सवाल यह कि क्या हिमाचल का मध्यम वर्ग अब वोटर बनकर सोच रहा है या जयराम सरकार को रियायत देकर एक और साल गुजारना चाहता है। यह भी एक सर्वविदित मुहावरे जैसा है कि हिमाचल में चौथे साल में सरकार के सामने

परिदृश्य सहेजने, संभालने और सजाने की अंतिम परीक्षा शुरू होती है। सरकार के पास पूर्ण राज्यत्व के पचासवें साल के शगुन, जश्न और इबारतें हैं और इनके साथ चुनाव की बुनियाद डाली जा सकती है। कमोबेश हर सरकार अपने चौथे साल में कर्मचारी, दिहाड़ी और विकास की फेरी लगाती रही है और यह असंभव तरकीब नहीं है, फिर भी न तो कर्मचारी संगठन ऐसा कोई स्पष्ट दबाव बना रहे हैं या विकास में धंसा क्षेत्रवाद सिर उठा रहा है। यह दीगर है कि पुरानी पेंशन बहाली के नाम पर एक कर्मचारी वर्ग को साधने के लिए डा. राजन सुशांत अपनी नई पार्टी की बिसात बिछा चुके हैं या सरकार की खामियों-नाकामयाबियों को पकड़ कर कांग्रेस अपने कुनबे को खड़ा कर रही है। स्थानीय निकाय चुनावों की पहली किस्त में सत्तारूढ़ दल काफी हद तक सफल रहा, लेकिन पड़ोसी पंजाब की कहानी एकतरफा ऐलान की जद में भाजपा को दर्द का एहसास दे गई। जाहिर है पंजाब को फिर बटोरने की कोशिश में हरियाणा, पश्चिमी उत्तर प्रदेश और राजस्थान के सुर भी जोड़ने पड़ेंगे। जट-जाट के वर्तमान में उलझ रही भाजपा की सियासत, हिमाचल के मध्यम वर्ग को क्या संदेश देती है, यह पड़ताल ही मिशन रिपीट की हकीकत का दर्पण होगी। कोविड काल के बावजूद सरकारों के प्रदर्शन को बांच रही जन अभिलाषा हिमाचल में आकर भिन्न हो जाती है। यहां सुशासन को मापने-जांचने के मानदंड जय श्रीराम का नारा बुलंद नहीं करते और न ही सियासत अपनी जमीन के ताप पर चलती है। यहां नारा बदले या न बदले, संगम और स्रोत बदलते हैं। इस बार नगर निगम चुनाव एक नए सियासी स्रोत की तरह बहेंगे और इसी के परिप्रेक्ष्य में राजनीतिक संगम का बनना तय है। मिशन रिपीट की अवधारणा में यह पहला ऐसा अवसर है जो शहरी धमनियों में प्रदेश की राजनीतिक रेखाएं खींच सकता है या अपनी रेखाओं पर किसी पार्टी का वजूद मिटा सकता है। ग्राम सभा से विधानसभा तक की सियासी लहरें कितनी कारगर होंगी, यह अगले साल पता चलेगा, फिलहाल नगर निगम चुनावों में पार्टी चिन्ह की प्रतीक्षा में मध्यम वर्ग और बुद्धिजीवी समाज अपने भविष्य के धरातल पर कैसे खड़ा होता है, इस पर काफी कुछ निर्भर करेगा।